e f g h i

ñ o p q

w x y z

Mi primer
diccionario

everest

Dirección editorial: Raquel López Varela

Coordinación editorial: Ana Rodríguez Vega

Autoras: Carmen Gutiérrez Gutiérrez

Ana Cristina López Viñuela

Revisión de conceptos: Teresa Mlawer

Revisión ortotipográfica: Eduardo García Ablanedo

Patricia Martínez Fernández

Maquetación: Carmen Gutiérrez Gutiérrez

Ilustraciones: Zocolate

Fotografías: Archivo fotográfico Everest

Diseño de cubierta e interiores: Óscar Carballo Vales

SEGUNDA EDICIÓN, primera reimpresión 2011

© EDITORIAL EVEREST, S.A.
Carretera León-La Coruña, km 5 - León (España)

ISBN: 978-84-241-6843-8
Depósito legal: LE. 324-2009
Printed in Spain - Impreso en España

EDITORIAL EVERGRÁFICAS, S.L.
Carretera León-La Coruña, km 5 - León (España)

www.everest.es
Atención al cliente: 902 123 400

Cómo utilizar este diccionario

Te voy a presentar *Mi primer diccionario*. Este va a ser el primer diccionario que vas a utilizar y por eso te queremos explicar un poco cómo puedes aprender a buscar el significado de palabras que no conoces. Es fácil.

Las palabras que vas a buscar aparecerán en color azul y en un tamaño mayor para que las puedas encontrar con facilidad. Como seguramente sabes ya, las letras tienen un orden que es: a, b, c, d, e, f, g, h, i, j, k, l, m, n, ñ, o, p, q, r, s, t, u, v, w, x, y, z. A este orden se le conoce como *abecedario*. De este modo, si buscamos *bailar*, tendremos que buscar en las que empiezan por la letra b, que están después de las que empiezan por la a y antes de las que comienzan por la c.

Ten cuidado cuando busques una palabra que empiece por ch y ll. Si quieres encontrar *chimenea* has de buscarla en la letra c, detrás de *charco* y delante de *chocolate*. Lo mismo sucede con la voz *llamar*, que está en la letra l, detrás de *llama* y delante de *llave*. Si alguna vez no encuentras una entrada que empiece por vocal, por si acaso, búscala en la h. Quizá empiece por esa letra.

Después de la palabra que buscas viene un nombre que indica la categoría gramatical: está en letra más pequeña y de color azul. Las categorías gramaticales son sustantivos, verbos, adjetivos y adverbios.

No aparece el género cuando la misma palabra sirve tanto para el masculino como para el femenino (es el caso de *ballena*, que es válida para el papá ballena, pero también para la mamá ballena); en caso contrario, se especifica (un señor es ciego, pero una señora es ciega).

Luego te encontrarás con la definición o explicación del significado, y hemos intentado que todas sean muy sencillas. Cuando hay palabras que tienen más de un significado, separamos con números cada explicación, y así puedes ver que una misma palabra se puede usar en más de un contexto. De todas formas, siempre hay un ejemplo en color naranja para que lo comprendas fácilmente.

Las cabeceras son las palabras que encuentras en la parte superior central de cada página y te van a indicar la primera y la última palabra de esa página.

Aunque las palabras son maravillosas, hemos incluido alegres dibujos y bonitas fotografías; y también hemos salpicado el libro con pequeños recuadros con informaciones, curiosidades, poesías, etc., para que te resulte todavía más divertido utilizarlo.

Editorial Everest

a

abajo ADVERBIO

Abajo señala un lugar que está más bajo que otro. *La ardilla está arriba; el conejo está abajo.*

abanico SUSTANTIVO

El abanico es un objeto que sirve para darse aire. *Utilizo el abanico para refrescarme.*

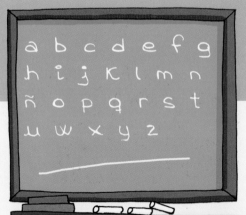

abecedario SUSTANTIVO

Se llama abecedario al conjunto de todas las letras que se utilizan para leer y escribir. *El abecedario también se llama alfabeto.*

abeja SUSTANTIVO

La abeja es un insecto que fabrica miel y cera, y vive en colmenas. *Las abejas liban el néctar de las flores.*

a
b
c
d
e
f
g
h
i
j
k
l
m
n
ñ
o
p
q
r
s
t
u
v
w
x
y
z

abeto SUSTANTIVO

El abeto es un árbol que tiene hojas en forma de aguja y que acaba en punta. *El abeto no pierde las hojas en otoño.*

abogado, abogada

SUSTANTIVO

Un abogado es una persona que ha estudiado las leyes y defiende a otras personas en los juicios. *Ana quiere ser abogada.*

abrazar VERBO

Abrazar es rodear con los brazos con cariño. *Todos las jugadoras abrazaron a Erika cuando encestó el balón.*

abrigo SUSTANTIVO

El abrigo es una prenda de vestir que nos ponemos para salir a la calle cuando hace frío. *Tu abrigo es caliente porque es de lana.*

abrir VERBO

1. Abrir es mover o quitar lo que no nos deja entrar en un lugar. *Abre la puerta del coche para que pueda entrar.*

2. También es quitar la tapa o el tapón. *No puedo abrir la botella de agua.*

3. Además, es extender algo que está doblado o recogido. *No abras el paraguas porque no llueve.*

abuelo, abuela SUSTANTIVO

El abuelo y la abuela son los padres de tu papá y los de tu mamá. *Mis abuelos me cuidan cuando mis papás trabajan o salen.*

aburrirse VERBO

Aburrirse es no encontrar nada divertido que hacer. *Voy a jugar al parque porque en casa me aburro.*

accidente SUSTANTIVO

Un accidente es algo que no esperamos que suceda y que nos hace daño. *Mi papá ha tenido un accidente en el trabajo y se ha roto una pierna.*

aceite SUSTANTIVO

El aceite es un líquido graso que se saca de las aceitunas y otras semillas y que sirve para cocinar y para aliñar las ensaladas. *Me gusta tomar pan con aceite.*

acera SUSTANTIVO

La acera es la parte de la calle por donde caminan las personas. *En la ciudad, camino por la acera.*

ácido, ácida ADJETIVO

Un sabor ácido es un sabor fuerte, como el del limón. *La limonada está ácida.*

actor, actriz SUSTANTIVO

Un actor o una actriz es una persona que representa un papel en el teatro, en el cine o en la televisión. *En la fiesta hay actores y actrices famosos.*

adiós INTERJECCIÓN

Adiós es una palabra que decimos cuando queremos despedirnos de alguien. *Dijimos adiós desde el andén de la estación.*

adoptar VERBO

Adoptar es recibir como hijo, con los requisitos legales, al que no lo es por naturaleza. *Mi tío ha adoptado un niño de dos años.*

aeropuerto SUSTANTIVO

El aeropuerto es el lugar donde despegan y aterrizan los aviones. *El avión no puede despegar en el aeropuerto porque hay niebla.*

afilar VERBO

Afilar es sacar punta a un lápiz; también se afilan cuchillos y tijeras para que corten mejor. *Afila el lápiz de color verde.*

agotarse VERBO

Nos agotamos cuando nos cansamos mucho y nos quedamos sin fuerzas. *No corro más porque estoy agotado.*

agua SUSTANTIVO

El agua es un líquido transparente. Sin agua no habría vida. *No se debe malgastar el agua.*

¿Sabes que, desde el espacio, la Tierra se ve azul porque está cubierta de **agua** en su mayor parte?

águila SUSTANTIVO

El águila es un ave grande y veloz que vive en las montañas. *El águila es un ave rapaz.*

aguja SUSTANTIVO

1. Una aguja es una barrita de metal muy fina acabada en punta en un extremo y con un agujero por donde se mete el hilo en el otro. Se utiliza para coser. *Esta aguja es demasiado fina para coser el mantel.*

2. También, las barritas finas de metal que llevan las jeringuillas para poner inyecciones o sacar sangre. *Me pincharon con una aguja muy larga.*

3. Y las manecillas del reloj. *Las agujas del reloj marcan las horas.*

agujero SUSTANTIVO

Un agujero es una abertura en una pared, en una tela, etc. *Este calcetín tiene un agujero y se me sale el dedo.*

aire SUSTANTIVO

El aire es lo que respiramos. Está en todas las partes, pero no podemos verlo ni tocarlo. *Necesitamos respirar aire para vivir.*

ala SUSTANTIVO

Las alas son una parte del cuerpo de algunos animales y les sirven para volar. Los aviones también tienen alas. *Las mariposas lucen vistosas alas.*

albañil SUSTANTIVO

Un albañil es una persona que se dedica a construir casas. *El albañil coloca los ladrillos.*

alcalde, alcaldesa SUSTANTIVO

El alcalde o la alcaldesa es la persona que dirige una ciudad o un pueblo. Trabaja en el ayuntamiento y le ayudan los concejales. *La alcaldesa inauguró el museo.*

alegría SUSTANTIVO

Alegría es lo que nos hace reír y estar contentos. *Celebramos el cumpleaños con mucha alegría.*

alga SUSTANTIVO

Las algas son plantas que viven en el agua. *Algunas algas son útiles porque con ellas se elaboran medicinas que curan enfermedades.*

alimentación SUSTANTIVO

Alimentación es la comida y bebida que tomamos para poder vivir. *Para crecer sanos, nuestra alimentación tiene que ser adecuada.*

allí ADVERBIO

Allí señala un lugar que está lejos. *La plaza está allí, al final de la calle.*

almohada SUSTANTIVO

La almohada es una bolsa de tela cerrada y rellena de 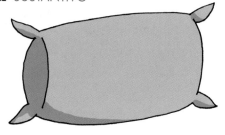 espuma, plumas o algo blando; sirve para apoyar la cabeza en la cama. *Me gusta dormir abrazado a mi almohada.*

alto, alta ADJETIVO

Ser alto significa que la distancia desde arriba hasta abajo es mayor de lo normal. *El Everest es la montaña más alta de la Tierra.*

alumno, alumna SUSTANTIVO

Un alumno es la persona que va al colegio para aprender cosas. *Marta es una alumna muy aplicada.*

amanecer VERBO

Amanecer es cuando empieza a hacerse de día. *En invierno amanece más tarde que en verano.*

ambiente SUSTANTIVO

Llamamos ambiente a lo que nos rodea. Medio ambiente es la naturaleza que rodea a los seres vivos. *Hay que cuidar el medio ambiente.*

ambulancia SUSTANTIVO

Una ambulancia es un vehículo especial que se utiliza para llevar a los enfermos y heridos al hospital. *Los coches se apartan para que pase la ambulancia.*

amigo, amiga SUSTANTIVO

Un amigo es una persona a la que se quiere mucho y en la que se confía. *Me gusta estar mucho tiempo con mis amigos.*

ancho, ancha ADJETIVO

Decimos que una cosa es ancha cuando hay un espacio grande entre sus lados. *La puerta del garaje es muy ancha.*

anciano, anciana ADJETIVO

Un anciano es una persona que tiene muchos años. *Debemos ser respetuosos con las personas ancianas.*

andar VERBO

Andar es ir de un sitio a otro dando pasos. *Siempre voy al colegio andando.*

anillo SUSTANTIVO

Un anillo es un adorno que se pone en el dedo.

El lagarto está llorando.
La lagarta está llorando.
El lagarto y la lagarta
con delantalitos blancos.
Han perdido sin querer
su **anillo** de desposados.

Federico García Lorca

a
b
c
d
e
f
g
h
i
j
k
l
m
n
ñ
o
p
q
r
s
t
u
v
w
x
y
z

a b c d e f g h i j k l m n ñ o p q r s t u v w x y z

animal SUSTANTIVO

Un animal es un ser vivo que siente y que puede moverse por sí mismo. *El animal más grande del mundo es la ballena azul.*

anochecer VERBO

Anochece cuando empieza a hacerse de noche. *Cuando anochece, se encienden todas las farolas de mi ciudad.*

antes ADVERBIO

Antes significa en un tiempo que ya pasó. *Antes, hace muchos, muchos años, los hombres vivían en cavernas.*

año SUSTANTIVO

Es el tiempo que tarda la Tierra en dar una vuelta alrededor del sol. *El año tiene 12 meses.*

aparcar VERBO

Aparcar es dejar el coche en un lugar durante un tiempo. *Mi papá no ha aparcado bien porque está ocupando un paso de peatones.*

En Hispanoamérica aparcar se dice *parquear* o *estacionar.*

aprender VERBO

Aprender es llegar a saber cosas que no sabíamos. *Estoy aprendiendo a conducir porque quiero ser camionero.*

aquí ADVERBIO

Aquí quiere decir en este lugar. *Siéntate aquí, a mi lado y hablemos de nuestras cosas.*

araña SUSTANTIVO

La araña es un animal pequeño que come insectos que atrapa en una tela que ella misma teje. *Las arañas tienen ocho patas.*

arañar VERBO

Arañar es hacer una herida o rasguño con las uñas. *Tu gato me arañó en el brazo.*

árbitro, árbitra SUSTANTIVO

El árbitro es la persona que, en un partido, vigila para que se cumplan las reglas. *El árbitro señala las faltas con su silbato.*

árbol SUSTANTIVO

Un árbol es una planta que tiene las raíces bajo tierra y un tronco grueso del que salen las ramas. Las ramas dan hojas, flores y frutos. *¿Sabes que los árboles más grandes son las secuoyas de EE. UU.? Pueden medir más de 100 metros.*

arcoíris SUSTANTIVO

El arcoíris es una curva de colores que se ve en el cielo cuando está lloviendo y sale el sol. *El arcoíris tiene siete colores: rojo, naranja, amarillo, verde, azul, añil y violeta.*

ardilla SUSTANTIVO

La ardilla es un animal pequeño, con una cola larga y peluda y vive en los árboles. *Las ardillas recogen frutos en otoño para comerlos en invierno.*

arena SUSTANTIVO

La arena está formada por trozos de roca muy pequeños, casi como polvo. *Los desiertos son como mares de arena.*

armario SUSTANTIVO

Un armario es un mueble para guardar ropa y otros objetos. *Mi armario tiene tres puertas y dos cajones.*

arrastrar VERBO

Arrastrar es llevar algo por el suelo, tirando de ello. *Ben arrastró el trineo sobre la nieve.*

arreglar VERBO

Arreglar es hacer que algo que está en mal estado o estropeado vuelva a estar bien o a funcionar. *Su papá le arregló la videoconsola que estaba estropeada.*

arriba ADVERBIO

Arriba señala un lugar que está más alto que otro. *Carlos está arriba y Luisa está abajo.*

arroyo SUSTANTIVO

Un arroyo es un río pequeño y con poca cantidad de agua. *En las orillas de los arroyos crecen juncos.*

arroz SUSTANTIVO

El arroz es una planta que crece en terrenos encharcados. *El principal alimento de China es el arroz.*

artista SUSTANTIVO

Un artista es una persona que hace obras de arte, como cuadros, esculturas, etc. También llamamos artistas a cantantes, actores, bailarines, etc. *Muchos artistas se inspiran en lo que ven en la calle.*

asno SUSTANTIVO

El asno es un animal pequeño, de color gris o marrón y las orejas largas. *Al asno también se le puede llamar burro.*

ascensor SUSTANTIVO

El ascensor es una cabina que sirve para subir y bajar de un piso a otro. *Subo a mi casa en el ascensor.*

asiento SUSTANTIVO

Un asiento es un mueble o un lugar que sirve para sentarse. *Siempre cedo mi asiento a las personas mayores.*

astro SUSTANTIVO

Un astro es todo lo que vemos en el firmamento: las estrellas, el sol, los planetas... *Con el telescopio vemos los astros.*

astronauta SUSTANTIVO

Un astronauta es una persona que viaja al espacio. *Los astronautas viajan en naves espaciales.*

astrónomo, astrónoma

SUSTANTIVO

Los astrónomos son personas que estudian y observan los astros. *Los astrónomos saben el nombre de todas las estrellas.*

atar VERBO

Atar es sujetar con cuerdas, cordones o cintas. *En la ciudad, siempre paseo a mi perro atado con una correa.*

autobús SUSTANTIVO

Un autobús es un vehículo grande en el que pueden viajar muchas personas. *El autobús que nos lleva al colegio es de color amarillo.*

autopista SUSTANTIVO

Una autopista es una carretera muy ancha con las dos direcciones separadas. *En algunas autopistas hay que pagar un peaje.*

autor, autora SUSTANTIVO

Un autor es la persona que hace o inventa una cosa; también, la persona que hace una obra artística, científica o literaria. *El autor de El Quijote es Cervantes.*

ave SUSTANTIVO

Un ave es un animal que tiene plumas, dos patas, dos alas y un pico. Casi todas las aves vuelan. *El pato es un ave que sabe volar y nadar.*

aventura SUSTANTIVO

Una aventura es algo sorprendente y fuera de lo normal que le pasa a una persona. *Mi libro favorito es Las aventuras de Pinocho.*

avestruz SUSTANTIVO

El avestruz es el ave más grande que existe. Tiene el cuello y las patas muy largos. *El avestruz corre muy rápido pero no puede volar.*

avión SUSTANTIVO

El avión es un vehículo con alas y motor que vuela por el aire a gran velocidad. *El avión es un medio de transporte muy rápido.*

avispa SUSTANTIVO

La avispa es un insecto de color amarillo con rayas negras, y tiene un aguijón con el que pica. *La picadura de avispa es muy dolorosa.*

ayer ADVERBIO

Ayer es el día anterior a hoy. *Ayer asistimos a la inauguración del nuevo polideportivo.*

ayudar VERBO

Ayudar es hacer algo bueno por otra persona. *Gonzalo ayuda a su hermana a poner la mesa.*

ayuntamiento SUSTANTIVO

El ayuntamiento es el lugar donde trabajan el alcalde y los concejales. *El ayuntamiento de mi ciudad se sitúa en un edificio bastante antiguo.*

azúcar SUSTANTIVO

El azúcar son granos pequeños de color blanco que se utilizan para dar sabor dulce a la comida y la bebida. *El azúcar no es bueno para los dientes.*

bailar VERBO

Bailar es mover el cuerpo al ritmo de la música. *No sé bailar merengue.*

bajar VERBO

1. Bajar es ir o mover algo una persona desde un lugar alto a otro más bajo. *Bajó corriendo las escaleras.*
2. Bajar es también hacer que algo sea más pequeño o menos intenso. *Baja la música para que pueda oírte.*

bajo, baja ADJETIVO

Bajo quiere decir que tiene poca altura.
Alba no alcanza al timbre porque es baja.

balcón SUSTANTIVO

El balcón es un espacio abierto protegido con una barandilla que hay en las fachadas de las casas para asomarse a la calle. *En mi balcón he colocado tres bonitas macetas con flores.*

ballena SUSTANTIVO

La ballena es un animal muy grande que vive en el mar. *¿Conoces la historia de Moby Dick: la ballena blanca?*

balón SUSTANTIVO

Un balón es una pelota grande con la que jugamos al fútbol, al baloncesto y a otros deportes. *El portero despejó el balón con el puño.*

banco SUSTANTIVO

1. Un banco es un asiento largo donde pueden sentarse varias personas. *Nos sentamos en un banco del parque para descansar.*

2. Un banco es también un lugar donde muchas personas guardan el dinero. *Llevé todos mis ahorros al banco.*

bandera SUSTANTIVO

Una bandera es una tela de colores que se utiliza para representar un país, una ciudad, un equipo, etc. *El capitán de cada equipo lleva la bandera de su país.*

bañarse VERBO

Bañarse es meter el cuerpo en el agua para lavarnos o refrescarnos. *Dicen que Cleopatra se bañaba en una bañera llena de leche.*

bañera SUSTANTIVO

La bañera es el lugar donde se echa el agua para bañarnos en nuestra casa. *No lleno la bañera para no desperdiciar agua.*

barato, barata ADJETIVO

Una cosa es barata si cuesta poco dinero. *En esta tienda el pan es más barato.*

barba SUSTANTIVO

La barba es el pelo que los hombres tienen en las mejillas y la barbilla. *Mi papá se ha afeitado la barba.*

barca SUSTANTIVO

Una barca es un barco pequeño que se usa para pescar o pasear por el mar. *El pescador pinta su barca.*

barco SUSTANTIVO

El barco es un medio de transporte que se desplaza por el mar. *Fuimos a la isla en un barco muy grande.*

barrer VERBO

Barrer es limpiar el suelo con una escoba. *La Ratita Presumida barría su casa mientras cantaba "tralará larita, barro mi casita".*

barro SUSTANTIVO

El barro es una mezcla de tierra y agua. *El parque está lleno de barro porque ha llovido.*

bastón SUSTANTIVO

Un bastón es un palo que sirve para apoyarse al andar. *Algunos ancianos necesitan un bastón para caminar mejor.*

basura SUSTANTIVO

Basura es lo que tiramos porque no sirve: restos de comida, envases vacíos, etc. *Nunca debes tirar basura en el campo.*

bata SUSTANTIVO

La bata es una prenda de vestir que usamos para estar en casa y también para proteger la ropa en algunos trabajos. *Los médicos llevan bata blanca.*

bebé SUSTANTIVO

Un bebé es una niña o un niño que acaba de nacer o que tiene pocos meses. *El bebé duerme en su cuna.*

beber VERBO

Beber es tomar un líquido. *Beber agua es bueno para nuestra salud.*

besar VERBO

Besar es tocar a alguien con los labios para demostrarle cariño. *El príncipe besa a la Bella Durmiente para que despierte.*

biblioteca SUSTANTIVO

Una biblioteca es un lugar donde hay muchos libros ordenados. *En la biblioteca te prestan libros para su lectura.*

bicicleta SUSTANTIVO

Una bicicleta es un vehículo de dos ruedas, sin motor, que se mueve con pedales. *Cuando paseo en bicicleta siempre me pongo el casco.*

bien ADVERBIO

Bien significa de forma correcta y también agradable. *En la feria lo hemos pasado muy bien.*

bigote SUSTANTIVO

El bigote es el pelo que crece sobre la boca. *Mi profesor tiene un bigote muy poblado.*

billete SUSTANTIVO

1. Un billete es un papel que equivale a una cantidad de dinero. *En mi cartera tengo billetes y monedas.*

2. También se llama billete al papel que compramos para viajar en avión, en tren o en autobús. *Antes de subir al tren, el revisor comprobó los billetes.*

blando, blanda ADJETIVO

Decimos que algo es blando cuando, al tocarlo, se siente suave. *Me gusta mojar el bizcocho en la leche para que esté más blando.*

boca SUSTANTIVO

La boca es la parte de la cara que las personas utilizamos para comer, beber, hablar, besar, bostezar, etc. *En la boca están los dientes y la lengua.*

bocadillo SUSTANTIVO

Un bocadillo es un trozo de pan relleno de jamón, queso o cualquier otro alimento. *He merendado un bocadillo de salami.*

bolígrafo SUSTANTIVO

El bolígrafo es un objeto que sirve para escribir. Tiene un tubo de tinta que dura mucho y que puede ser de diferentes colores. *Tengo un bolígrafo que pinta de cuatro colores distintos.*

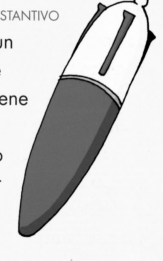

bolsa SUSTANTIVO

Una bolsa es un saco pequeño de tela, papel, plástico, etc., que sirve para llevar o guardar algo. *Esta bolsa con tomates pesa cuatro kilogramos.*

bolso SUSTANTIVO

Un bolso es una bolsa de piel o tela que llevamos colgado del hombro o en la mano y donde guardamos la cartera, las llaves, etc. *Me han regalado un bonito bolso de color rosa.*

bombero, bombera

SUSTANTIVO

Los bomberos son las personas que apagan los incendios y ayudan a los demás cuando hay accidentes, inundaciones, etc. *Los bomberos utilizan trajes especiales para no quemarse.*

bombilla SUSTANTIVO

La bombilla es una especie de globo de cristal que sirve para dar luz eléctrica. *Todas las bombillas de mi casa son de bajo consumo.*

bonito, bonita ADJETIVO

Nos parece bonito todo lo que nos gusta mirar y escuchar. *Has escrito una bonita poesía.*

borrador SUSTANTIVO

El borrador es un objeto que se usa para borrar. *Toma el borrador y limpia la pizarra.*

borrar VERBO

Borrar es hacer que desaparezca algo que hemos escrito o dibujado. *No borres ese dibujo que te ha salido tan bien.*

bosque SUSTANTIVO

Un bosque es un terreno grande con muchos árboles y arbustos. *En otoño, el bosque se cubre de un manto de hojas.*

bostezar VERBO

Bostezamos cuando se nos abre la boca porque tenemos hambre, sueño o nos aburrimos. *Es de mala educación bostezar en clase.*

botella SUSTANTIVO

Una botella es un recipiente de cristal o de plástico, alto y con el cuello estrecho, que sirve para guardar líquidos. *Esta botella tiene aceite.*

botiquín SUSTANTIVO

Llamamos botiquín a un armario o un estuche donde hay medicinas, esparadrapo, vendas, tiritas, etc. *El agua oxigenada está en el botiquín.*

botón SUSTANTIVO

1. Los botones son piezas que se cosen a las prendas de vestir para poder abrocharlas. *No me abrocho el botón de arriba porque me molesta.*

2. También son piezas que llevan algunos aparatos para hacerlos funcionar. *Para encender la tele, pulsa el botón rojo.*

brillar VERBO

Brillar es emitir una luz muy intensa. *¡Cómo brillan las estrellas!*

broma SUSTANTIVO

Broma es lo que se le dice o se le hace a una persona para reírse de ella pero sin ofenderla. *Las bromas de Cristina divierten a sus compañeros.*

brujo, bruja SUSTANTIVO

Los brujos y las brujas son personajes de los cuentos y las películas que tienen poderes mágicos. *La bruja Adelaida tiene una enorme verruga en la nariz.*

brújula SUSTANTIVO

La brújula es un instrumento que sirve para no perderse en el mar, en el monte, etc. porque tiene una aguja que señala siempre el Norte. *La brújula fue inventada por los chinos para guiar a los navegantes.*

bueno, buena ADJETIVO

1. Una persona es buena cuando se porta bien con los demás. Una cosa es buena si es útil o nos viene bien. *Las personas buenas siempre ayudan a los demás.*

2. Cuando comemos algo rico, también decimos que está bueno. *Mi papá hace unos flanes muy buenos.*

bufanda SUSTANTIVO

La bufanda es una prenda con la que nos tapamos el cuello y la boca cuando hace frío. *Esta bufanda de lana es muy caliente.*

búho SUSTANTIVO

El búho es un ave que duerme por el día y está despierta por la noche. *Los búhos tienen los ojos muy grandes y redondos.*

a b c d e f g h i j k l m n ñ o p q r s t u v w x y z

buitre SUSTANTIVO

El buitre es un ave muy grande que se alimenta de animales muertos.

Los buitres no tienen plumas en la cabeza.

buzón SUSTANTIVO

El buzón es el lugar donde se depositan las cartas que enviamos y también las que recibimos. *En el buzón de mi casa he escrito mi nombre.*

buscar VERBO

1. Buscar es hacer lo necesario para encontrar algo. *Los piratas buscaban grandes tesoros surcando los mares.*

2. Buscar también es recoger a una persona. *Hoy vendrá mi prima a buscarme al colegio.*

c

caballo SUSTANTIVO

El caballo es un animal de cuatro patas y cola larga que se alimenta de hierba. Las crías del caballo se llaman potros. *Estoy aprendiendo a montar a caballo.*

cabeza SUSTANTIVO

La cabeza es la parte del cuerpo en la que están el cerebro y los ojos, la nariz, la boca y las orejas. *Me caí del caballo y ahora me duele la cabeza.*

cabra SUSTANTIVO

La cabra es un animal de cuatro patas, con cuernos, que come hierba y que nos da leche. Las crías se llaman cabritos. *Con la leche de la cabra se hace queso.*

cacao SUSTANTIVO

El cacao es un polvo que se hace con las semillas de un árbol que crece en América. Sirve para hacer chocolate, crema de cacao, etc. *Para merendar, tomo pan con crema de cacao.*

a b c d e f g h i j k l m n ñ o p q r s t u v w x y z

cadena SUSTANTIVO

1. Una cadena es un conjunto de anillas unidas una detrás de otra. *La puerta está cerrada con una cadena.*

2. También se llama cadena a una emisora de televisión o de radio. *En esta cadena no ponen dibujos animados.*

caer VERBO

Caer es ir al suelo, bien porque se pierde el equilibrio o por el propio peso. *Coloca ese libro para que no se caiga de la estantería.*

café SUSTANTIVO

El café son granos de una planta tropical con los que se hace una bebida que también se llama café. *El café no es bueno para los niños.*

caja SUSTANTIVO

1. Una caja es un recipiente hueco para meter cosas y que se puede cerrar con una tapa. *En esta caja guardo mis tesoros.*

2. La caja registradora es el lugar donde se paga en las tiendas. *Antes de salir del supermercado, hay que pagar en la caja.*

cajón SUSTANTIVO

El cajón es una parte de algunos muebles que está metida en un hueco del que se saca y se mete con un tirador. *Abre el cajón y saca el mantel.*

calamar SUSTANTIVO

El calamar es un animal comestible que vive en el mar; tiene diez brazos largos y expulsa tinta para esconderse de sus enemigos. *Los brazos del calamar se llaman tentáculos.*

calcetín SUSTANTIVO

El calcetín es la prenda que nos abriga el pie que cubre el tobillo y parte de la pierna. *Mi abuela me ha tejido unos calcetines de lana.*

calcular VERBO

Calcular es realizar operaciones matemáticas para hallar el resultado. *¿Es correcto el resultado de esta resta?*

calefacción SUSTANTIVO

La calefacción es una instalación que suele haber en los edificios para que estén calientes. *La calefacción puede ser de gas, eléctrica, etc.*

calendario SUSTANTIVO

El calendario es una lista de todos los días del año ordenado por semanas y meses. *El primer día del calendario es el 1 de enero.*

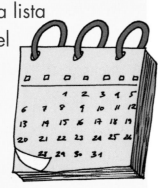

calentar VERBO

Calentar es dar calor, hacer que esté más caliente. *¿Qué pasará si la Tierra se calienta demasiado?*

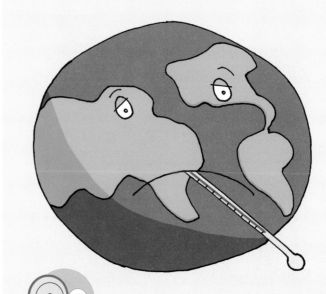

Si la Tierra se **calienta** mucho se fundirá el hielo de los polos, los mares tendrán más agua y cubrirán más tierra.

calle SUSTANTIVO

En el pueblo o la ciudad, una calle es el camino que hay entre dos filas de casas. *Por las calles peatonales no pasan los coches.*

calor SUSTANTIVO

El calor es lo que sentimos cuando la temperatura es alta. *Cuando hace calor hay que beber mucha agua.*

calvo, calva ADJETIVO

Una persona es calva cuando no tiene pelo. *Mi abuelo se ha quedado calvo.*

calzado SUSTANTIVO

El calzado es lo que nos ponemos en los pies para protegerlos. *El calzado se vende en las zapaterías.*

cámara SUSTANTIVO

Una cámara es un aparato que utilizamos para sacar fotografías o grabar películas. *Con mi nueva cámara digital obtengo fotos muy bonitas.*

cambiar VERBO

1. Cambiar es sustituir una cosa por otra. *Te cambio el cromo del portero por el del defensa.*

2. También es cambiar poner algo distinto a como estaba. *Mi hermana se va a cambiar el color del pelo.*

3. Cambiarse es quitarse la ropa para ponerse otra. *Para hacer gimnasia me cambio de ropa.*

camello SUSTANTIVO

El camello es un animal que tiene cuatro patas, un cuello muy largo y dos jorobas. *Los camellos almacenan agua en sus jorobas para sobrevivir en el desierto.*

camino SUSTANTIVO

Un camino es una franja de tierra por la que caminamos en el campo. *Este camino conduce a la cueva.*

camión SUSTANTIVO

Un camión es un vehículo grande, de cuatro o más ruedas, que sirve para transportar cosas. *Han traído los muebles en un camión.*

camisa SUSTANTIVO

Una camisa es una prenda de vestir que cubre desde el cuello a la cintura. Suele tener cuello y botones. *Me gustan las camisas de rayas.*

campamento SUSTANTIVO

Un campamento es un lugar con tiendas de campaña o cabañas para pasar unos días. *En vacaciones siempre voy a un campamento.*

campana SUSTANTIVO

Una campana es un instrumento de metal con forma de copa puesta boca abajo. Las campanas suenan cuando las golpea una pieza que tienen dentro. *Las campanas de la catedral suenan a las doce.*

campanario SUSTANTIVO

El campanario es la torre donde están las campanas. *Subimos al campanario para ver el paisaje.*

campeón, campeona
SUSTANTIVO

El campeón es el que gana en una competición. *Mi equipo será el próximo campeón de la Liga.*

campo SUSTANTIVO

1. El campo es un lugar fuera de las ciudades, donde hay prados, terrenos de cultivo, bosques, ríos... *Mis tíos viven en el campo.*

2. También llamamos campo al terreno donde se practican algunos deportes. *Va a saltar al campo el jugador que tiene el número 14.*

cantar VERBO

Cantar es emitir sonidos musicales con la voz. *Los pájaros cantan cuando llega la primavera.*

cantimplora SUSTANTIVO

Una cantimplora es un recipiente para llevar agua cuando vamos de excursión. *Mi cantimplora mantiene el agua fresca.*

canción SUSTANTIVO

Una canción es un texto que se canta. *En el colegio aprendemos muchas canciones.*

canguro SUSTANTIVO

Un canguro es un animal que salta sobre sus patas traseras. Las hembras tienen una bolsa en el vientre en la que llevan a sus crías. *Los canguros viven en Australia.*

caracol SUSTANTIVO

El caracol es un animal pequeño y muy lento con una concha en forma de espiral.

¡Qué dura es la vida del **caracol**! Siempre está de mudanza buscando la ciudad del sol.

Carmen Gutiérrez

carácter SUSTANTIVO

El carácter es la forma de ser de una persona. *Aunque tiene buen carácter, hoy está enfadada.*

caramelo SUSTANTIVO

Un caramelo es una golosina hecha con azúcar y que puede tener muchos sabores. *Me gustan los caramelos de limón.*

caravana SUSTANTIVO

1. Una caravana es una fila de coches que avanzan en la misma dirección lentamente porque hay mucho tráfico. *Hay mucho tráfico y se forma una larga caravana.*

2. Una caravana es también un remolque que se acopla al coche y en el que se puede comer y dormir. *Siempre vamos de vacaciones en nuestra caravana.*

careta SUSTANTIVO

Una careta es una máscara para ponerse en la cara. *Todos nos pondremos una careta de león.*

carnaval SUSTANTIVO

El carnaval es una fiesta en la que las personas se ponen disfraces. *En el carnaval de Venecia las personas se disfrazan con capas negras y caretas blancas.*

carne SUSTANTIVO

La carne es la parte del cuerpo de los animales que comemos. *La carne de pollo es blanca y la de ternera es roja.*

carnicero, carnicera

SUSTANTIVO

Los carniceros son las personas que venden carne. *Los carniceros trabajan en las carnicerías.*

caro, cara ADJETIVO

Una cosa es cara si cuesta mucho dinero. *Este collar es bastante caro.*

carpeta SUSTANTIVO

Una carpeta sirve para guardar papeles. *Mis dibujos están en la carpeta.*

carpintero, carpintera

SUSTANTIVO

El carpintero es la persona que realiza trabajos con madera. *El carpintero ya ha montado los muebles.*

carrera SUSTANTIVO

1. Echar una carrera es recorrer un trayecto corriendo, porque tenemos prisa o porque estamos compitiendo. *Eché una carrera para no perder el metro.*

2. Los estudios que se hacen en la universidad también se llaman carrera. *Ha estudiado la carrera de Veterinaria.*

carretera SUSTANTIVO

Una carretera es un camino preparado para que circulen coches, camiones, etc. *Por esta carretera circulan muchos camiones.*

carta SUSTANTIVO

1. Una carta es un papel escrito que se mete dentro de un sobre y se envía a una persona. *He recibido una carta de mi amiga de Chile.*

2. Cartas son también unas tarjetas pintadas que sirven para jugar. *Un solitario es un juego de cartas para una sola persona.*

cartera SUSTANTIVO

Una cartera es una bolsa que sirve para guardar cosas. Hay carteras grandes, para meter libros y cuadernos; y hay carteras pequeñas, para meter dinero. *He comprado una cartera grande para llevar los libros.*

cartero, cartera SUSTANTIVO

El cartero es la persona que lleva las cartas a las casas. *Hoy el cartero no ha traído ninguna carta.*

cartulina SUSTANTIVO

Una cartulina es un papel muy fuerte y de colores que se usa para hacer trabajos manuales. *Hemos hecho una flor con cartulina de colores.*

casco SUSTANTIVO

Un casco es una especie de gorro fabricado con un material muy duro que protege la cabeza. *Los pilotos se ponen casco para que su cabeza no sufra lesiones si hay un accidente.*

castillo SUSTANTIVO

Un castillo es un edificio rodeado de murallas, con torres y fosos, que construían antiguamente los señores para defenderse de los enemigos. *Algunos castillos tienen puentes levadizos.*

cebra SUSTANTIVO

La cebra es un animal parecido al caballo, con el cuerpo a rayas negras y blancas y come hierba. *¿Sabes que, en algunos lugares, a los pasos de peatones se les llama también pasos de cebra?*

cena SUSTANTIVO

La cena son los alimentos que tomamos por la noche. *No es conveniente comer demasiados alimentos en la cena.*

cepillo SUSTANTIVO

El cepillo es un objeto que tiene púas y diferentes formas y tamaños. Unos se usan para limpiar la ropa o los zapatos, otros para lavarnos los dientes y otros para peinarnos. *Las púas de los cepillos se llaman cerdas.*

cerca ADVERBIO

Algo está cerca si se encuentra a poca distancia. *Edgar está cerca del cine pero está lejos de la biblioteca.*

cerdo, cerda SUSTANTIVO

El cerdo es un animal doméstico, de cabeza grande y cuerpo grueso y cuya carne comemos. *Del cerdo se obtienen muchos alimentos.*

cerebro SUSTANTIVO

El cerebro se encuentra en la cabeza y gracias a él podemos pensar, andar, hablar, ver… *Los animales vertebrados tienen cerebro.*

cerrar VERBO

1. Cerrar es poner algo que nos impide entrar a un lugar. *El centro comercial cierra a las 10.*

2. Cerrar es juntar las partes de una cosa que están separadas. *Cierra el paraguas; no llueve.*

cesta SUSTANTIVO

Una cesta es un recipiente hecho con mimbre en el que se llevan cosas. *En la cesta solo hay dos rebanadas de pan.*

chaqueta SUSTANTIVO

La chaqueta es una prenda con mangas, que llega hasta la cintura y abierta por delante. *Se me ha caído un botón de la chaqueta.*

charco SUSTANTIVO

Un charco es agua que queda estancada en el suelo cuando llueve. *Con mis botas de agua puedo pisar los charcos.*

chimenea SUSTANTIVO

1. Una chimenea es un lugar dentro de las casas en el que se prende fuego para calentarse. *La parte de la chimenea en la que se pone la leña se llama hogar.*

2. La chimenea es también el tubo por el que sale el humo a la calle. *Las fábricas tienen grandes chimeneas.*

chocolate SUSTANTIVO

El chocolate es un alimento dulce que se hace con cacao y azúcar. *Te invito a tomar chocolate con churros.*

cicatriz SUSTANTIVO

La cicatriz es la marca que queda en la piel después de curarse una herida. *Me hice una herida y me ha quedado una cicatriz.*

ciego, ciega ADJETIVO

Una persona ciega es la que no puede ver. *Hay perros que ayudan a las personas ciegas a guiarse por la calle.*

cielo SUSTANTIVO

El cielo es el espacio que rodea a la Tierra y en el que están todos los astros. *Cuando las nubes cubren el cielo, no vemos el sol.*

ciervo, cierva SUSTANTIVO

El ciervo es un animal de patas largas y cola muy corta que vive en el bosque. El macho tiene cuernos en forma de ramas. *El ciervo cambia sus cuernos todos los años.*

cigüeña SUSTANTIVO

La cigüeña es un ave blanca y negra con las patas y el cuello muy largos. *Las cigüeñas han construido sus nidos en las torres de la catedral.*

cine SUSTANTIVO

El cine es una sala donde podemos ir a ver una película. *En el cine hay que estar callado para no molestar a los demás espectadores.*

circo SUSTANTIVO

El circo es un espectáculo en el que podemos ver payasos, animales, trapecistas, etc. *El circo se desplaza de unas ciudades a otras.*

círculo SUSTANTIVO

El círculo es una superficie redonda y plana. *Coloreé el círculo de color azul y el cuadrado, de rojo.*

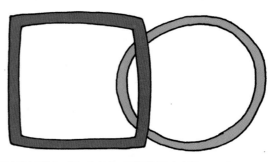

circunferencia SUSTANTIVO

La circunferencia es una línea redonda y cerrada. *Los anillos olímpicos son circunferencias.*

cirujano, cirujana SUSTANTIVO

El cirujano es un médico que cura operando a los enfermos en el quirófano. *Los cirujanos cubren su cara con mascarillas antes de operar.*

cisne SUSTANTIVO

El cisne es un ave de plumas blancas y cuello muy largo. *En el cuento, el patito feo se convirtió en un elegante cisne.*

ciudad SUSTANTIVO

La ciudad es un lugar grande donde hay muchas casas, la mayoría de varios pisos, en las que viven muchas personas. *La capital de un país es su ciudad más importante.*

clase SUSTANTIVO

Una clase es el lugar donde el profesor enseña a sus alumnos; y también la lección que enseña el profesor. *Las paredes de mi clase están decoradas con nuestros dibujos.*

clavo SUSTANTIVO

Un clavo es una pieza de metal con una punta en un extremo y una superficie plana en el otro. Sirve para colgar cosas en las paredes. *Con el martillo golpeamos los clavos.*

clic SUSTANTIVO

Hacer clic es pulsar el ratón del ordenador. *Para iniciar el juego tienes que hacer doble clic en ENTRAR.*

coche SUSTANTIVO

El coche es un vehículo de cuatro ruedas en el que no caben muchas personas. *Si pierdo el autobús, mi mamá me lleva al colegio en coche.*

cocinar VERBO

Cocinar es preparar los alimentos para poder comerlos. *El cocinero de la televisión cocina platos muy sabrosos.*

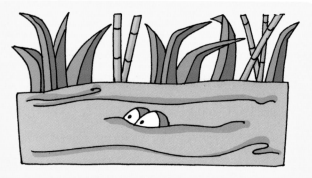

cocodrilo SUSTANTIVO

El cocodrilo es un animal de boca grande y dientes afilados, cola larga y cuerpo con escamas duras. Vive en los ríos de la selva y los pantanos. *El cocodrilo solo asoma los ojos por encima del agua.*

cohete SUSTANTIVO

Un cohete es un vehículo espacial que alcanza gran velocidad impulsado por un chorro de gases que expulsa por la cola. *La Agencia Espacial lanzará un nuevo cohete.*

cola SUSTANTIVO

1. Cola es lo que tienen muchos animales en la parte trasera. *La cola del caballo es muy larga.*

2. También se llama cola al pegamento. *El zapatero pegó con cola la suela del zapato.*

3. Y a una fila de personas que esperan para algo. *¿Esta cola es para entrar al teatro?*

colección SUSTANTIVO

Una colección es un conjunto de cosas de la misma clase. *¿Quieres ver mi colección de fósiles?*

colgar VERBO

Colgar es sujetar algo de modo que quede en el aire, sin llegar al suelo. *Cuelga mi abrigo en la percha.*

collar SUSTANTIVO

Un collar es un adorno que se pone alrededor del cuello. *He hecho un collar con bolitas de colores.*

colmena SUSTANTIVO

La colmena es la casa de las abejas. *Los apicultores sacan la miel de las colmenas.*

colocar VERBO

Colocar es poner una cosa en su sitio. *Tengo que colocar los juguetes en la estantería de mi cuarto.*

colonia SUSTANTIVO

La colonia es agua perfumada que utilizamos para oler bien. *Esta colonia es muy fresca, huele a jazmín.*

color SUSTANTIVO

Todo lo que vemos tiene un color. *¿Conoces estos colores?*

La berenjena es morada

La nieve es blanca

La sangre es roja

La hierba es verde

La mandarina es naranja

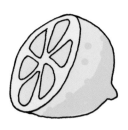

El limón es amarillo

El carbón es negro

columpio SUSTANTIVO

Un columpio es un asiento colgado de dos cuerdas que sirve para balancearse. *Mi mamá ha instalado un columpio en el jardín.*

comedor SUSTANTIVO

El comedor es un lugar donde nos sentamos para comer. *En el comedor del colegio se sirven comidas muy ricas.*

cometa SUSTANTIVO

Una cometa es un juguete que se hace con papel o plástico de colores y que sujetamos con una cuerda muy larga que se va soltando para que vuele muy alto. *Cuando hace viento jugamos con la cometa.*

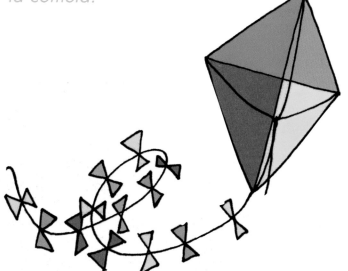

comida SUSTANTIVO

1. Comida son los alimentos que comemos. *En este restaurante cocinan comida italiana.*

2. También llamamos comida a los alimentos que tomamos a mediodía. *Después de la comida siempre duermo la siesta.*

compañero, compañera
SUSTANTIVO

Compañero es la persona que comparte estudios o juegos con nosotros. *Mi compañera de pupitre se llama Mar.*

comprar VERBO

Comprar es adquirir una cosa pagando dinero. *Antes de comprar, hago una lista con las cosas que necesito.*

concierto SUSTANTIVO

Un concierto es un espectáculo en el que actúa un cantante, un conjunto musical o una orquesta. *En las fiestas del colegio habrá un concierto de música clásica.*

conducir VERBO

Conducir es llevar un coche, un camión, una moto, etc. *Para aprender a conducir vamos a la autoescuela.*

En Hispanoamérica conducir se dice *manejar*.

conejo SUSTANTIVO

El conejo es un animal que tiene las orejas muy largas y la piel muy suave. Algunos viven libres en el monte y otros son criados por personas para comerlos. *La cría del conejo se llama gazapo.*

congelar VERBO

Congelar es enfriar mucho. Si congelas agua se convierte en hielo; si congelas los alimentos, se conservan más tiempo. *Como hace mucho frío, el agua de los charcos está congelada.*

conocer VERBO

Conocer algo es saber qué es y cómo es. Conocer a una persona significa que sabemos quién es porque ya la hemos tratado antes. *A este profesor ya lo conozco porque me dio clase el año pasado.*

contaminar VERBO

Contaminar es ensuciar el aire, el agua o la tierra con sustancias que hacen daño a nuestro cuerpo. *El humo de los coches contamina el aire que respiramos.*

contar VERBO

1. Contar es decir los números por orden. *Cuenta hasta 20 antes de venir a buscarnos.*

2. Contar es también decir algo que ha pasado o decir una historia. *Como Marina y Adrián se han portado bien, su abuelo les contará el cuento de Peter Pan.*

contento, contenta ADJETIVO

Estar contento es sentirse alegre y con ganas de reír. *Lis está contenta porque va a tener un hermanito.*

contrario, contraria ADJETIVO

1. Dos cosas son contrarias cuando sus significados son opuestos. *Lo contrario de bueno es malo.*

2. Una persona es contraria a algo si no está de acuerdo con ello. *Mi papá es contrario a las videoconsolas.*

copa SUSTANTIVO

1. Una copa es un vaso que se sujeta con una base que se llama pie. *Los invitados levantaron sus copas para brindar.*

2. La copa de los árboles son las ramas y las hojas. *La copa del árbol nos da sombra.*

copiar VERBO

1. Copiar es hacer una cosa igual que otra o hacer lo mismo que otra persona. *Estoy copiando el dibujo del calendario.*

2. Copiar en un examen es mirar lo que ha contestado el compañero para escribir lo mismo. *Copiar en los exámenes está prohibido.*

¿Sabes que tu **corazón** tiene, más o menos, el mismo tamaño que tu puño cerrado?

corazón SUSTANTIVO

El corazón es un músculo que hace que la sangre circule por todo nuestro cuerpo. *Las personas tenemos el corazón en la parte izquierda del cuerpo.*

corregir VERBO

Corregir es mirar un ejercicio, un examen... para señalar lo que está mal y, a veces, poner nota. *El profesor corrigió el examen y me puso un siete.*

correo SUSTANTIVO

1. El correo son las cartas que enviamos o que recibimos en nuestro buzón. *Saqué el correo del buzón.*

2. El correo electrónico son mensajes que envíamos por ordenador a través de internet. *Correo electrónico en inglés se dice e-mail.*

correr VERBO

Correr es ir muy rápido de un sitio a otro. *La liebre corre para no ser alcanzada por el zorro.*

cortar VERBO

Cortar es separar una cosa en varias partes con un cuchillo, una sierra, una tijera, etc. *Corta el papel por la línea de puntos.*

corto, corta ADJETIVO

Una cosa es corta cuando tiene poca longitud o cuando dura poco tiempo. *Las vacaciones se me han hecho muy cortas.*

coser VERBO

Cuando cosemos unimos piezas de tela con una aguja e hilo. *Estoy cosiendo telas de colores para hacer un cojín.*

costa SUSTANTIVO

La costa es la parte de tierra que está en la orilla del mar. *Las costas escarpadas tienen abruptos acantilados.*

crecer VERBO

Crecer es aumentar de tamaño. *Mis plantas crecen porque las cuido muy bien.*

crema SUSTANTIVO

1. La crema es una mezcla de leche, azúcar y huevos que se pone en los pasteles. *Sé hacer una tarta de crema y chocolate.*

2. También es un producto que se aplica en la cara y en el cuerpo para cuidar la piel. *Mi papá se pone una crema para que no le salgan arrugas.*

cremallera SUSTANTIVO

La cremallera es un sistema que tienen algunas prendas para cerrarlas. *Mi abrigo tiene cremalleras en los bolsillos.*

cría SUSTANTIVO

Las crías son los hijos de los animales. *Las crías de la oveja se llaman corderos.*

cristal SUSTANTIVO

El cristal es un material transparente que se rompe fácilmente. *Estas copas son muy delicadas porque son de cristal.*

cruzar VERBO

Cruzar es pasar de un sitio a otro. *Para cruzar el arroyo, pisa en las piedras grandes.*

cuaderno SUSTANTIVO

Un cuaderno es un conjunto de hojas en blanco que sirve para escribir en él. *Yo escribo en cuadernos con cuadrícula grande.*

cuadrado SUSTANTIVO

Un cuadrado es una figura con sus cuatro lados iguales. *Este cuadrado mide dos centímetros de lado.*

cuadro SUSTANTIVO

Un cuadro es un lienzo o una lámina con un dibujo o una pintura. *Van Gogh pintó un cuadro titulado* Los Girasoles.

a b c d e f g h i j k l m n ñ o p q r s t u v w x y z

cubo SUSTANTIVO

1. Un cubo es un recipiente en el que podemos poner cosas. *Llenó el cubo con arena para hacer un castillo.*

2. Un cubo es también una figura que tiene seis lados cuadrados. *¿Serás capaz de poner cada lado del cubo de un color?*

cuchara SUSTANTIVO

La cuchara es un utensilio que sirve para tomar alimentos líquidos. *Para comer el yogur, utilizo una cuchara pequeña.*

cuchillo SUSTANTIVO

El cuchillo es un utensilio que sirve para cortar. *Las cucharas y cuchillos se ponen a la derecha del plato y los tenedores a la izquierda.*

cuenta SUSTANTIVO

1. Una cuenta es una operación que hacemos con números. *Tengo que resolver las cuentas de multiplicar.*

2. También llamamos cuentas a las bolitas de colores con las que hacemos collares y pulseras. *Para hacer esta pulsera necesito cuentas de tres colores.*

cuento SUSTANTIVO

Un cuento es una historia inventada o escrita especialmente para los niños. *¿Cuál es tu cuento favorito?*

cuerda SUSTANTIVO

Una cuerda es un hilo grueso hecho con otros hilos entrelazados que sirve para atar cosas. *Para sujetar los paquetes en la baca del coche usé una cuerda gruesa.*

cuerno SUSTANTIVO

Los cuernos son unas puntas duras que tienen algunos animales en la cabeza. *Los toros y los ciervos tienen cuernos.*

cuerpo SUSTANTIVO

Cuerpo es la cabeza, tronco y extremidades de las personas y animales.

¿Conoces bien las partes de tu cuerpo?

cabeza

cara

brazos

tronco

piernas

a b c d e f g h i j k l m n ñ o p q r s t u v w x y z

cueva SUSTANTIVO

Una cueva es un agujero profundo que hay dentro de las montañas. *Los hombres de la Prehistoria pintaban en las paredes de las cuevas.*

cuidar VERBO

Cuidar es ocuparse de algo o de alguien para que no les pase nada. *Hoy no puedo salir a jugar porque tengo que cuidar de mi hermano.*

culpa SUSTANTIVO

Tener la culpa es ser responsable de algo malo. *Cenicienta está triste por culpa de su madrastra.*

cumpleaños SUSTANTIVO

En un cumpleaños se celebra el día del nacimiento de una persona. *Mi cumpleaños es el 19 de agosto.*

cuna SUSTANTIVO

Una cuna es una cama pequeña para los bebés, con barandillas a los lados para que no se caigan. *Valeria quiere salir de su cuna.*

curar VERBO

Curar es atender a alguien que está enfermo para que se ponga bien. *Si quiero curarme, tengo que tomar este jarabe.*

curso SUSTANTIVO

El curso son los meses del año que vamos a la escuela. *El nuevo curso empezará el 12 de septiembre.*

d

dado SUSTANTIVO

Un dado es un cubo con puntos del uno al seis en sus caras. *Con los dados podemos jugar al parchís, a la oca y a otros juegos.*

dar VERBO

Dar es entregar una cosa a una persona. *Gladis me ha dado estos libros para que los lleve a la biblioteca.*

debajo ADVERBIO

Debajo indica en un lugar inferior a otro. *Cuando Boy se asusta, se esconde debajo de la cama.*

débil ADJETIVO

Débil quiere decir que tiene poca fuerza. *Como estuvo enfermo, aún se encuentra débil.*

decidir VERBO

Decidir es elegir entre varias posibilidades. *Decídete ya: ¿eliges el vestido rojo o el azul?*

decir VERBO

Decir es expresar algo con palabras. *Siempre se debe decir la verdad.*

defecto SUSTANTIVO

Un defecto es algo que no está bien en una cosa o en la forma de ser de una persona. *Marc tiene un defecto: nunca es puntual.*

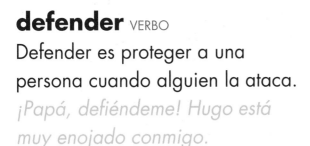

defender VERBO

Defender es proteger a una persona cuando alguien la ataca. *¡Papá, defiéndeme! Hugo está muy enojado conmigo.*

dejar VERBO

1. Dejar es dar permiso para algo. *Si hago pronto mis tareas, me dejarán ir al parque.*

2. Dejar es prestar una cosa. *¿Me dejas tu bufanda nueva?*

3. Soltar algo o dejarlo en su sitio. *Siempre dejo los platos sucios en el lavavajillas.*

delante ADVERBIO

1. *Delante* significa que está en un puesto anterior a otro. *En la carrera de patines, Mary quedó delante de Dani.*

2. También está delante lo que tenemos frente a nosotros. *La madrastra de Blancanieves está delante del espejo.*

delgado, delgada ADJETIVO

Una persona delgada es la que pesa poco; una cosa es delgada si es poco ancha o poco gruesa. *Los árboles de la avenida tienen el tronco delgado.*

demasiado, demasiada

ADJETIVO

Demasiado es más de lo que es conveniente. *Mónica ha comido demasiados helados.*

dentro ADVERBIO

Dentro significa en el interior de algo. *Los topos construyen galerías dentro de la tierra.*

deporte SUSTANTIVO

Deporte es un ejercicio que hacemos para pasarlo bien o para estar más sanos. *Podemos hacer deporte solos y también con otras personas formando un equipo.*

esquí

baloncesto

tenis

fútbol o balompié

waterpolo

deprisa ADVERBIO

Deprisa significa con rapidez. *Hilda hace sus tareas deprisa.*

derecho, derecha ADJETIVO

1. *Derecho* quiere decir recto, que no se tuerce a ningún lado. *Cuando nos sentamos, nuestra espalda debe estar derecha.*

2. El lado derecho de nuestro cuerpo es el que no está en el mismo lado que el corazón. *Tiene un tatuaje en su brazo derecho.*

3. SUSTANTIVO Un derecho es algo que podemos exigir y que los demás deben respetar. *Los niños tienen derecho a ir al colegio.*

desayuno SUSTANTIVO

El desayuno es la primera comida del día. *En el desayuno suelo tomar fruta, cereales, leche, etc.*

descansar VERBO

Descansar es quedarse sin hacer nada cuando estamos cansados para recuperar las fuerzas. *El fin de semana descansamos.*

desfile SUSTANTIVO

Un desfile es un acto en el que un grupo de personas caminan en fila. *El desfile de carnaval recorre las calles de la ciudad.*

deshacer VERBO

Deshacer es dejar una cosa como estaba antes de hacerla. *Tendré que deshacer las mangas de mi chaqueta.*

desierto SUSTANTIVO

Un desierto es un lugar con arena y piedras donde casi no hay plantas porque no llueve. *En el desierto hace mucho calor durante el día.*

desorden SUSTANTIVO

Hay desorden cuando todo está descolocado y fuera de su sitio. *Mi madre me regañó porque en mi cuarto había mucho desorden.*

despacio ADVERBIO

Despacio significa con lentitud. *La tortuga camina muy despacio.*

despertador SUSTANTIVO

Un despertador es un reloj que suena para despertarnos. *He programado mi despertador para que suene a las ocho.*

despertarse VERBO

Despertarse es dejar de dormir. *Me gusta despertarme pronto.*

después ADVERBIO

Después quiere decir más tarde que otra cosa. *Nos vemos después del concierto.*

detrás ADVERBIO

Estar detrás es colocarse en la parte posterior de alguien o de algo. *Me siento detrás de Samuel.*

devolver VERBO

Devolver una cosa es dársela a la persona que nos la había dado antes. *Cuando acabe el dibujo te devuelvo las pinturas.*

día SUSTANTIVO

1. Un día es un espacio de tiempo que tiene veinticuatro horas. *Una semana tiene siete días.*

2. Día es también el tiempo en que tenemos la luz del sol. *Se hace de día cuando amanece.*

dibujar VERBO

Dibujar es hacer figuras en un papel o en una pizarra con un lápiz, una tiza… *He dibujado mi casa. ¿Te gusta?*

diccionario SUSTANTIVO

Un diccionario es un libro que explica el significado de las palabras. *Las palabras del diccionario están por orden alfabético.*

diente SUSTANTIVO

Los dientes son piezas que están en la boca y que sirven para morder y masticar los alimentos. *Víctor tiene unos dientes muy sanos.*

diestro, diestra ADJETIVO

Una persona es diestra cuando hace las cosas con la mano derecha. *Casi todos los niños de la clase son diestros.*

diferente ADJETIVO

Una persona o cosa es diferente cuando no es igual ni se parece al resto. *Hay que respetar a los demás, aunque piensen de forma diferente.*

difícil ADJETIVO

Difícil quiere decir que cuesta mucho trabajo o mucho esfuerzo hacer o entender algo. *Este ejercicio es muy difícil de resolver.*

dinero SUSTANTIVO

El dinero son monedas y billetes que sirven para comprar cosas. *¿Me das dinero para comprar un cuaderno?*

dinosaurio SUSTANTIVO

Los dinosaurios eran animales, normalmente muy grandes, que vivieron hace mucho tiempo. *¿Sabes que los dinosaurios dominaron la Tierra durante 165 millones de años?*

dirección SUSTANTIVO

La dirección de un lugar es el nombre de la calle en la que está y el número que tiene en esa calle. *Mi dirección es: calle Los Fresnos, número 7.*

disco SUSTANTIVO

Un disco es un objeto redondo en el que se graba música, películas, juegos, etc. *CD significa disco compacto.*

disculparse VERBO

Nos disculpamos cuando pedimos perdón. *Quiero disculparme por haberte insultado.*

disfraz SUSTANTIVO

Un disfraz es un vestido que nos ponemos para parecernos a otra persona, a un animal, etc. *Para el baile, me pondré un disfraz de oso.*

a b c d e f g h i j k l m n ñ o p q r s t u v w x y z

divertirse VERBO

Divertirse es pasarlo bien jugando, en una fiesta, etc. *En la feria nos divertimos mucho.*

doble SUSTANTIVO

El doble es multiplicar algo por dos. *El doble de dos es cuatro.*

docena SUSTANTIVO

Una docena son doce cosas. *Los huevos se venden por docenas.*

dolor SUSTANTIVO

El dolor es una fuerte molestia que sentimos en el cuerpo cuando estamos enfermos o nos hacemos daño. *Cuando me caí, sentí mucho dolor en la rodilla.*

dormir VERBO

Dormir es descansar profundamente y con los ojos cerrados. *Dormir la siesta es quedarnos domidos después de comer.*

dromedario SUSTANTIVO

El dromedario es un animal similar al camello pero que solo tiene una joroba. *El dromedario resiste mucho tiempo sin beber agua.*

ducha SUSTANTIVO

La ducha son chorros muy finos de agua con los que nos lavamos o refrescamos. *Antes de entrar en la piscina nos damos una ducha.*

dulce ADJETIVO

Una cosa es dulce si tiene el sabor del azúcar. Un dulce es un alimento hecho con azúcar. *Los pasteles y los caramelos son dulces.*

duro, dura ADJETIVO

Una cosa es dura si es difícil de doblar y de romper. *Después de modelar el barro, se deja secar para que esté duro.*

e

echar VERBO

1. Echar es poner algo en un sitio. *¿Echo sal a la tortilla?*

2. Echar es también hacer salir a alguien de un lugar. *El profesor le echó de clase porque molestaba a sus compañeros.*

edad SUSTANTIVO

La edad son los años que tenemos. *¿Qué edad tiene tu hermana?*

edificio SUSTANTIVO

Los edificios son construcciones en las que vivimos, trabajamos, etc. *Los edificios de esta calle son muy altos.*

educado, educada ADJETIVO

Una persona es educada si es agradable y respetuosa con los demás. *¡Qué niño tan educado!*

a b c d e f g h i j k l m n ñ o p q r s t u v w x y z

ejemplo SUSTANTIVO

1. Un ejemplo es una muestra que ponemos cuando explicamos algo para que se entienda mejor. *España, Francia y Portugal son tres ejemplos de países de Europa.*

2. Un ejemplo es también algo que se debe o se puede imitar. *Su buen carácter es un ejemplo para nosotros.*

ejercicio SUSTANTIVO

1. Hacer ejercicio es hacer movimientos con el cuerpo para entrenarse, estar en forma… *Antes de empezar a jugar, los futbolistas hicieron ejercicios de calentamiento.*

2. Un ejercicio es un trabajo que hacemos para practicar lo que estudiamos en el colegio. *No sé hacer estos dos ejercicios de inglés.*

electricidad SUSTANTIVO

La electricidad es la energía que hace que tengamos luz y que funcionen muchos aparatos que tenemos. *Los rayos pueden producir electricidad. Para parar los rayos se utiliza el pararrayos.*

electrodoméstico SUSTANTIVO

Los electrodomésticos son aparatos eléctricos que se utilizan en las casas. *La lavadora, el microondas, la plancha y el horno son electrodomésticos.*

frigorífico

microondas

tostadora

lavadora

horno

elefante SUSTANTIVO

El elefante es un animal de gran tamaño, que tiene trompa, orejas muy grandes y dos colmillos. Se alimentan de hierba y viven en África y Asia. *Con su trompa, los elefantes alcanzan las ramas más altas de los árboles.*

embarazo SUSTANTIVO

El embarazo es el tiempo que pasa un bebé en el vientre de su madre antes de nacer. *El embarazo de las mujeres dura nueve meses.*

embarcar VERBO

Embarcar quiere decir subir a un barco o a un avión. *Antes de embarcar en el avión, tenemos que facturar las maletas.*

empezar VERBO

Empezar es ponerse a hacer algo o dar principio a una cosa. *Siempre empiezo a leer el periódico por la última página.*

empujar VERBO

Empujar es mover una cosa haciendo fuerza contra ella. *Como el coche no arrancaba, tuvimos que empujarlo.*

enamorado, enamorada

ADJETIVO

Una persona está enamorada cuando siente mucho amor por otra y quiere estar todo el tiempo con ella. *Romeo y Julieta eran dos enamorados.*

a b c d e f g h i j k l m n ñ o p q r s t u v w x y z

encender VERBO

1. Encender es pulsar el interruptor para hacer funcionar un aparato eléctrico o para que haya luz. *Enciende la televisión, que empieza el partido.*

2. También, hacer que se queme una cosa para que dé luz y calor. *¿Podrás encender la chimenea con estos troncos tan gruesos?*

encima ADVERBIO

Encima quiere decir en la parte superior de algo. *El gato se ha tumbado encima de la cama.*

encina SUSTANTIVO

La encina es un árbol de copa ancha del que se saca una madera muy dura. *El fruto de la encina se llama bellota.*

encontrar VERBO

Encontrar es descubrir algo que se había perdido. *No encuentro mis llaves.*

enfadarse VERBO

Enfadarse es ponerse de mal humor por algo o con alguien. *Si se entera de que te has puesto su chaqueta se enfadará.*

enfermero, enfermera
SUSTANTIVO

Un enfermero, o una enfermera, es una persona que cuida a los enfermos. *La enfermera me puso el termómetro.*

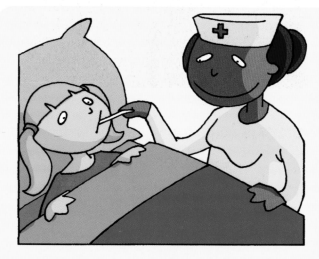

enfermo, enferma ADJETIVO

Estar enfermo es no encontrarse bien y sentir dolor en alguna parte del cuerpo. *Cuando estamos enfermos vamos al médico.*

enfriar VERBO

Enfriar es hacer que una cosa esté más fría. *He metido el yogur en el frigorífico para que se enfríe.*

enorme ADJETIVO

Decimos que una cosa es enorme si es muy grande. *En el parque de atracciones han instalado una montaña rusa enorme.*

ensuciar VERBO

Ensuciar es poner sucia una cosa. *Mara se ha ensuciado la cara con el chocolate.*

entender VERBO

Entender es comprender, tener una idea clara sobre algo. *Este libro está en inglés y no entiendo lo que dice.*

entrada SUSTANTIVO

1. La entrada es el lugar por donde se entra en un sitio. *En la entrada del banco hay un guarda jurado.*

2. Una entrada es también un papel que nos permite entrar en el cine, el teatro, un campo de fútbol, etc. *La taquilla está cerrada porque las entradas están agotadas.*

entrar VERBO

1. Entrar es pasar de fuera adentro. *Entra en casa; hace frío.*
2. Entrar es también caber una cosa en otra. *En la alacena ya no entran más tazas.*

enviar VERBO

Enviar es mandar una cosa a algún sitio. *Te enviaré las fotos por correo electrónico.*

equipaje SUSTANTIVO

El equipaje es la ropa y accesorios que llevamos en nuestra maleta cuando vamos de viaje. *¿Ya has preparado tu equipaje?*

equipo SUSTANTIVO

Un equipo es un grupo de personas que se juntan para hacer algo. *En cada equipo de fútbol juegan once jugadores.*

equivocarse VERBO

Equivocarse es hacer o decir algo de forma incorrecta o cometer un error. *Jonás se equivoca porque dice que 24 x 2 son 38.*

escalar VERBO

Escalar es subir a un sitio alto, como montañas. *Escalar montañas es un deporte arriesgado.*

escalera SUSTANTIVO

La escalera sirve para subir o bajar de un lugar a otro. Hay escaleras que podemos llevar de un sitio a otro y escaleras que están construidas en los edificios para subir y bajar de un piso; e incluso hay escaleras mecánicas que se mueven solas. *En los grandes almacenes hay escaleras mecánicas.*

escaparse VERBO

Escaparse es huir de un sitio. *Ayer, mi loro se escapó por la ventana.*

escoba SUSTANTIVO

La escoba es un cepillo con un mango largo que se utiliza para barrer. *Dicen los cuentos que las brujas viajan encima de una escoba.*

escoger VERBO

Escoger es quedarse con una persona o cosa de entre varias. *Escoge uno de estos cuentos y te lo leeré antes de acostarte.*

esconder VERBO

Cuando nos escondemos, nos ponemos en un lugar donde los demás no pueden vernos. *Si me escondo detrás del árbol no me encontrarán.*

escribir VERBO

Escribir es poner letras en un papel, en una pizarra... para formar palabras y oraciones que tengan significado. También se puede escribir en el ordenador pulsando las teclas de cada letra. *En algunas pizarras se puede escribir con rotulador.*

escuchar VERBO

Escuchar es oír algo poniendo atención. *Siempre escucho los partidos de fútbol por la radio.*

escuela SUSTANTIVO

La escuela es el lugar al que van los niños y las niñas para aprender a leer, escribir, hacer cuentas, etc. *Para ir a la escuela me levanto pronto.*

espacio SUSTANTIVO

1. Espacio es el lugar que ocupan o pueden ocupar las cosas y las personas; y también el lugar vacío que hay entre dos cosas. *¿Hay espacio para más libros en esta estantería?*

2. Espacio es también es lugar donde están los astros. *La luna y la estrellas están en el espacio.*

especial SUSTANTIVO

Una cosa o una persona es especial cuando es diferente al resto. *Juan es un niño especial porque es diferente a los otros niños.*

espejo SUSTANTIVO

Un espejo es un cristal en el que se reflejan las cosas. *Si te miras en un espejo, te ves a ti mismo.*

espeso, espesa ADJETIVO

Los líquidos son espesos cuando están pastosos. *Estas natillas están muy espesas.*

espina SUSTANTIVO

Las espinas son los huesos de los peces y son largas y afiladas. *Cuando comemos pescado, debemos tener mucho cuidado con las espinas.*

esponja SUSTANTIVO

La esponja es un objeto suave y blando que utilizamos para frotarnos el cuerpo cuando nos bañamos. *Tengo una esponja con forma de caracol.*

esqueleto SUSTANTIVO

El esqueleto está formado por todos los huesos del cuerpo. *El esqueleto de las personas tiene unos 206 huesos diferentes.*

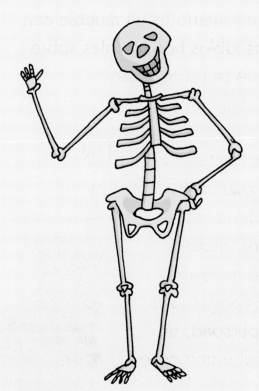

esquina SUSTANTIVO

Lugar en el que se unen dos calles o los dos lados de una cosa. *El vendedor de flores siempre se coloca en la misma esquina.*

estación SUSTANTIVO

1. La estación es el lugar donde subimos y bajamos de los trenes, los autobuses, etc. *Acompañamos a Nina hasta la estación.*

2. Las estaciones son también las cuatro partes en que se divide el año: primavera, verano, otoño e invierno. *La estación del año que más me gusta es la primavera.*

estantería SUSTANTIVO

Una estantería es un mueble con varias tablas horizontales sobre las que se ponen cosas. *Necesito una estantería más grande.*

estatua SUSTANTIVO

Una estatua es una figura de piedra, madera u otro material, que representa a una persona, un animal o una cosa. *La Estatua de la Libertad es un regalo que Francia hizo a EE. UU. y se encuentra en Nueva York.*

Este SUSTANTIVO

El Este es uno de los cuatro puntos cardinales que marca la brújula. *El sol sale por el Este.*

estrecho, estrecha ADJETIVO

Algo es estrecho cuando entre el lado derecho y el lado izquierdo hay poca distancia. *Esta puerta es muy estrecha y Blanca no puede pasar por ella con su silla de ruedas.*

estrella SUSTANTIVO

Una estrella es un astro que por las noches brilla en el cielo. *Cuando vemos estrellas fugaces pedimos un deseo.*

a b c d e f g h i j k l m n ñ o p q r s t u v w x y z

estropear VERBO

Estropear es hacer que una cosa no funcione bien o no esté tan bien como estaba. *Subo por la escalera: el ascensor está estropeado.*

estudiar VERBO

Estudiar es leer o escuchar algo con mucha atención para intentar aprenderlo. *Voy a estudiar mucho para aprender cosas interesantes.*

estufa SUSTANTIVO

Una estufa es un aparato que sirve para calentar las habitaciones que están frías. *Los montañeros calentaron el albergue con estufas.*

euro SUSTANTIVO

El euro es la moneda que usan los países que forman la Unión Europea. *El símbolo del euro es €.*

excursión SUSTANTIVO

Una excursión es un viaje corto que se hace para conocer un lugar, para divertirnos o para hacer deporte. *Hicimos la excursión en autobús.*

explicar VERBO

Cuando explicamos una cosa la contamos con todo detalle para que los que nos escuchan la entiendan bien. *El profesor nos ha explicado cómo se forma el hielo.*

exposición SUSTANTIVO

Una exposición es un lugar donde se muestran cosas para que los demás las vean. *En el nuevo museo hay una exposición de Van Gogh.*

extranjero, extranjera ADJETIVO

Una persona extranjera es la que procede de un país que no es el nuestro. *Como Ingrid es extranjera, no entiende bien nuestras costumbres.*

fábrica SUSTANTIVO

Una fábrica es un lugar donde las personas, con la ayuda de máquinas, hacen todo tipo de productos en grandes cantidades. *Hoy visitaremos una fábrica de coches.*

fácil ADJETIVO

Algo fácil es algo que se hace o se entiende con poco esfuerzo. *Hacer pompas de jabón es muy fácil.*

falda SUSTANTIVO

La falda es una prenda de vestir que usan, sobre todo, las mujeres para cubrirse de la cintura para abajo. *En Escocia, algunos hombres usan falda en ceremonias especiales.*

a b c d e **f** g h i j k l m n ñ o p q r s t u v w x y z

falso, falsa ADJETIVO

1. Cuando algo es falso es que no es verdad. *Todas las explicaciones que me dio eran falsas.*

2. También es falso el objeto que se copia de otro y que se quiere hacer pasar por el verdadero. *El cuadro que estaba colgado en la pared de su casa era falso.*

falta SUSTANTIVO

1. Una falta es un fallo, un error. *En la palabra dibujo siempre tengo una falta de ortografía porque la escribo con V.*

2. En algunos deportes, hacer una falta es desobedecer alguna de las reglas. *El defensa hizo falta y el árbitro le sacó la tarjeta amarilla.*

faltar VERBO

1. Faltar es cuando una persona no va a un lugar al que debería ir. *Gloria faltó al trabajo durante una semana.*

2. Cuando nos falta algo quiere decir que no lo tenemos o que no tenemos suficiente. *Me faltan dos huevos para poder hacer el postre.*

3. También, faltar tiempo para que ocurra algo. *Falta un día para la fiesta.*

familia SUSTANTIVO

La familia son los padres y los hijos. También forman la familia los abuelos, los tíos y los primos. *Mis padres, mis hermanos, mis abuelos, mis tíos y mis primos forman mi familia.*

farmacia SUSTANTIVO

Una farmacia es el lugar donde se venden las medicinas. *Las farmacias de guardia están abiertas toda la noche.*

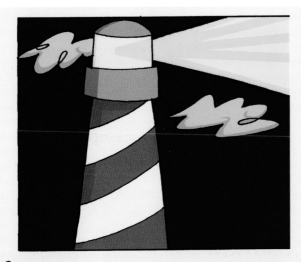

faro SUSTANTIVO

1. Un faro es una torre alta que hay en las costas con una potente luz para orientar a los barcos. *El faro evitó que el barco chocara con la roca.*

2. También se llaman faros las luces de los coches, las bicicletas, los camiones, etc. *Los faros iluminan la carretera de noche.*

farola SUSTANTIVO

Una farola es una lámpara que se coloca en las plazas y en las calles para dar luz por la noche. *Mi calle está oscura porque solo hay dos farolas.*

fecha SUSTANTIVO

La fecha es el día, mes y año en el que estamos o en el que pasa algo. *¿Sabes la fecha de tu nacimiento?*

feliz ADJETIVO

Estar feliz es estar contento y alegre porque no hay nada que pueda ponernos tristes. *Silvia está feliz porque ha encontrado su gatito.*

feo, fea ADJETIVO

Algo es feo si no tiene belleza, si no resulta agradable de ver ni oír. *No voy a ponerme ese sombrero tan feo.*

feria SUSTANTIVO

La feria es un lugar con casetas, tómbolas y atracciones para que la gente se divierta. *En la tómbola de la feria gané un oso de peluche.*

ficha SUSTANTIVO

1. Una ficha es una pieza pequeña que se utiliza en algunos juegos de mesa, como el parchís o la oca. *Las fichas del parchís son rojas, azules, verdes y amarillas.*

2. Una ficha también es un papel en que escribimos algo: los datos de un libro, algún ejercicio, etc. *Tenemos que hacer una ficha de cada libro que leamos.*

fiebre SUSTANTIVO

Tenemos fiebre cuando sube la temperatura de nuestro cuerpo porque estamos enfermos. *Para medir la fiebre usamos el termómetro.*

fiera SUSTANTIVO

Una fiera es un animal muy salvaje y peligroso. *De todas las fieras del circo, el tigre es la que más me impresiona.*

fiesta SUSTANTIVO

1. Una fiesta es cuando se reúnen personas para pasarlo bien. *Celebraré mi graduación con una gran fiesta.*

2. También es fiesta el día que no se trabaja. *El 1 de mayo no tenemos clase porque es fiesta.*

figura SUSTANTIVO

Una figura es un dibujo o una escultura que representa algo. *Fred y Rita han dibujado todas las figuras del portal de Belén.*

fila SUSTANTIVO

Una fila es un conjunto de personas o de cosas colocadas unas detrás de otras. *Los niños y niñas forman una fila para ir al gimnasio.*

final SUSTANTIVO

El final es el momento o el lugar en que termina algo. *Para ver el río tienes que llegar hasta el final del camino.*

firmar VERBO

Firmar es escribir nuestro nombre y apellidos de una forma especial. *Siempre tenemos que firmar de la misma manera.*

flecha SUSTANTIVO

Una flecha es un arma terminada en punta que se dispara con un arco. *Disparé la flecha al centro de la diana.*

flor SUSTANTIVO

La flor es la parte más bonita de la planta, porque tiene vistosos colores y un agradable olor. *Las flores tienen vivos colores para atraer a los insectos.*

partes de la flor

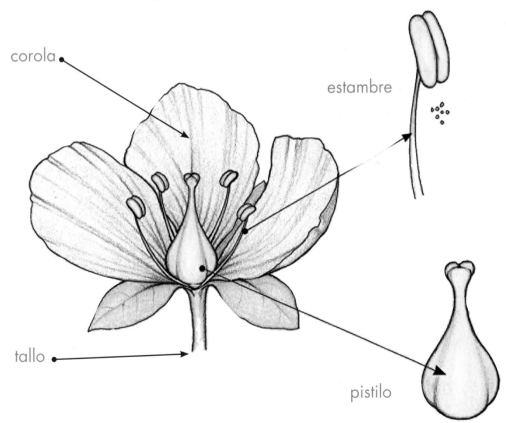

corola

estambre

tallo

pistilo

flotar VERBO

Flotar es no hundirse en el agua. *Mi barquito de cáscara de nuez flota y navega perfectamente.*

foca SUSTANTIVO

La foca es un animal que vive en mares fríos, aunque cría en la costa. *En el zoo se realiza un espectáculo con focas.*

fondo SUSTANTIVO

1. Parte inferior de un lugar. *Me gustaría hacer submarinismo para ver el fondo del mar.*

2. El fondo es la parte de un lugar más alejada de la entrada. *En el fondo del autobús quedan asientos libres.*

forma SUSTANTIVO

La forma es el aspecto exterior de las cosas. *Estas galletas tienen diferentes formas: de corazón, de estrella, de triángulo.*

fósil SUSTANTIVO

Los fósiles son restos de animales o plantas que vivieron hace muchos años y que se han convertido en piedra. *Esta montaña está llena de fósiles.*

fotografía SUSTANTIVO

Una fotografía es una imagen de algo o de alguien realizada con una cámara fotográfica. *Las fotografías antiguas mostraban imágenes en blanco y negro.*

fotógrafo, fotógrafa
SUSTANTIVO

Los fotógrafos son personas que se dedican a hacer fotografías. *Nelson trabaja como fotógrafo en la revista Nature.*

frágil ADJETIVO

Una cosa es frágil si es delicada y se rompe con facilidad. *¡Ten cuidado! Este jarrón de cristal es muy frágil.*

frasco SUSTANTIVO

Un frasco es un recipiente, casi siempre de cristal, que contiene líquidos. *Estos frascos contienen especias y hierbas aromáticas.*

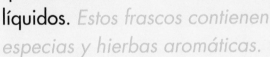

freír VERBO

Freír es cocinar los alimentos en aceite caliente. *Me gustan los huevos fritos con arroz.*

freno SUSTANTIVO

El freno es una pieza que tienen los vehículos para parar o para ir más despacio. *El chofer pisó el freno cuando el perro cruzó la carretera.*

fresco, fresca ADJETIVO

1. *Fresco* significa un poco frío. *Esta es la habitación más fresca de la casa.*

2. Los alimentos están frescos cuando son recientes o cuando se acaban de hacer o de recoger. *En la pescadería venden pescado fresco y también congelado.*

frío, fría SUSTANTIVO

Cuando algo tiene una temperatura baja decimos que está frío. *El agua del río está muy fría.*

frontera SUSTANTIVO

La frontera es la línea que separa un país de otro. *Señala en el mapa la frontera entre España y Portugal.*

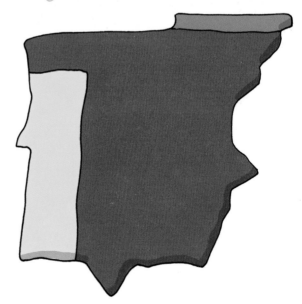

fruta SUSTANTIVO

La fruta es el fruto comestible de los árboles y de algunas plantas. *Las frutas tienen muchas vitaminas.*

melón

fresas

limón

uvas

naranja

plátano

fuego SUSTANTIVO

El fuego es luz y calor que desprende una cosa cuando se está quemando. *El fuego quemó muchos árboles.*

fuera ADVERBIO

Fuera significa en la parte exterior de algo. *En la puerta del café puede leerse "LOS PERROS ESPERAN FUERA".*

LOS PERROS ESPERAN FUERA

fuerte ADJETIVO

Algo o alguien es fuerte si tiene mucha fuerza, es decir, si es capaz de levantar o de mover cargas muy pesadas, y mucha resistencia. *Como es muy fuerte, pudo empujar el coche él solo.*

funcionar VERBO

Funcionar es cuando una cosa realiza su función sin problemas. *Esta lavadora funciona muy bien.*

g

gafas SUSTANTIVO

Las gafas son un objeto que nos ponemos para ver mejor o cuando nos molesta el sol. *El oftalmólogo me ha recomendado usar gafas.*

gallina SUSTANTIVO

La gallina es un ave que se cría en las granjas y que pone huevos. *La gallina blanca tuvo cuatro pollitos.*

gallo SUSTANTIVO

El gallo es el macho de la gallina; tiene una cresta roja y no pone huevos. *El gallo canta quiquiriquí.*

a b c d e f g h i j k l m n ñ o p q r s t u v w x y z

ganar VERBO

1. Ganar es conseguir dinero por un trabajo o por un negocio. *Sebastián trabaja los fines de semana en un burguer para ganar algo de dinero.*

2. Ganar es también vencer en un juego, en un concurso, en un deporte… *De las tres partidas que jugamos al parchís, yo gané las dos primeras.*

garaje SUSTANTIVO

El garaje es un lugar en el que se guardan y arreglan los coches. *En algunos garajes hay que pagar dinero para aparcar el coche.*

gasolina SUSTANTIVO

La gasolina es un líquido que se obtiene del petróleo y que sirve para hacer funcionar los motores. *Muchos coches funcionan con gasolina sin plomo.*

gato, gata SUSTANTIVO

El gato es un animal doméstico con la piel suave y las uñas afiladas y, en la oscuridad, le brillan los ojos. *¿Sabes el cuento de El gato con botas?*

gaviota SUSTANTIVO

La gaviota es un ave de plumaje blanco y gris y pico largo que vive en las costas. *Las gaviotas se alimentan de peces.*

gemelo, gemela ADJETIVO

Los gemelos son dos hermanos que nacen en el mismo parto y que suelen ser prácticamente iguales. *Como Rafael y Antonio son gemelos, se parecen mucho y es difícil distinguirlos.*

generoso, generosa ADJETIVO

Una persona es generosa cuando da o reparte lo que tiene entre los demás sin pedir nada a cambio. *Elisa es muy generosa porque siempre comparte sus juguetes y sus golosinas con sus compañeros.*

gente SUSTANTIVO

Gente es un grupo de personas; no sabemos cuántas ni quiénes son. *Había mucha gente en la plaza para ver los fuegos artificiales.*

gigante ADJETIVO

1. Algo es gigante si es muy grande. *En la fiesta del pueblo los vecinos cocinan una paella gigante.*

2. SUSTANTIVO Un gigante es un personaje de cuento muy alto y fuerte. *El gigante quería comer a Pulgarcito y a sus hermanos.*

globo SUSTANTIVO

1. Un globo es una bolsa de goma que se hincha con aire y sirve para jugar. *Este juego consiste en explotar globos.*

2. Un globo es también un vehículo formado por una bolsa llena de un gas y de la que cuelga una cesta para los pasajeros. *Los globos voladores se llaman globos aerostáticos.*

gol SUSTANTIVO

En deportes como el fútbol o el balonmano, marcar un gol es meter el balón dentro de la portería del equipo contrario. *Me aburrí en el partido porque los equipos no marcaron ni un gol.*

golondrina SUSTANTIVO

La golondrina es un pájaro pequeño, de color negro por encima y blanco por debajo. *Las golondrinas hacen sus nidos en los tejados.*

goloso, golosa ADJETIVO

Alguien es goloso si le gustan mucho los dulces. *Este oso es muy goloso porque le gusta la miel.*

golpe SUSTANTIVO

Un golpe es el choque de una cosa con otra. *Álvaro iba despistado y se dio un golpe con la farola.*

goma SUSTANTIVO

1. Una goma es un hilo elástico que usamos para sujetar cosas. *Con mis gomas verdes me haré unos moños.*

2. Una goma es también un objeto que sirve para borrar lo que escribimos. *¿Me prestas la goma de borrar?*

gordo, gorda ADJETIVO

Una persona o un animal están gordos si pesan mucho. *Este perro está muy gordo y no puede correr.*

gorila SUSTANTIVO

El gorila es un mono muy grande y fuerte que vive en África. *Copito de Nieve fue un gorila blanco que vivió en el zoo de Barcelona.*

gorrión SUSTANTIVO

Un gorrión es un pájaro pequeño, con plumas de color marrón y negro, que se alimenta de semillas y de insectos. *En las ciudades se pueden ver muchos gorriones.*

gota SUSTANTIVO

Una gota es una cantidad pequeña y de forma redonda que se desprende de un líquido. *No llueve mucho, solo caen cuatro gotas.*

grande ADJETIVO

Una cosa grande es la que tiene un tamaño mayor de lo normal. *Un telescopio espacial ha divisado un planeta más grande que Júpiter.*

granizo SUSTANTIVO

El granizo es agua que cae del cielo, como la lluvia, pero en forma de bolitas de hielo. *Las bolas de granizo rompieron algunos cristales.*

granja SUSTANTIVO

Una granja es una casa de campo en la que viven los granjeros, que se dedican a cultivar la tierra y a criar animales. *En las granjas suele haber cerdos, gallinas, conejos...*

granja

grano SUSTANTIVO

1. El grano es la semilla de algunas plantas. *Mi pájaro come granos de alpiste.*

2. Un grano es también un bulto pequeño que sale en la piel. *Cuando tuve la varicela, me salieron muchos granos en el cuerpo.*

gratis ADVERBIO

Algo es gratis cuando no cuesta nada. *Los miércoles podemos entrar al museo gratis.*

grave ADJETIVO

1. Una persona está grave cuando está muy enfermo. *El albañil se cayó del tejado y está grave.*

2. Grave es también algo de mucha importancia o que puede ser peligroso. *Se ha producido un grave accidente de coche.*

grillo SUSTANTIVO

Un grillo es un insecto de color negro que vive en el campo y que canta mucho por las noches. *Los grillos, cuando cantan, hacen cricrí.*

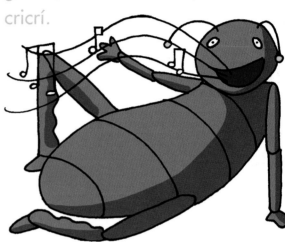

gritar VERBO

Gritar es hablar levantando la voz. *No me gusta que me griten.*

grúa SUSTANTIVO

Una grúa es una máquina para levantar y mover cosas pesadas. *La grúa se lleva los coches que están mal estacionados.*

grupo SUSTANTIVO

Un grupo es un conjunto de personas o de cosas. *Los espeleólogos hicieron varios grupos para estudiar mejor las cuevas.*

guante SUSTANTIVO

Prenda que se pone en las manos para protegerlas del frío o para evitar que se ensucien. *Antes de pintar la habitación, mi padre se puso unos guantes.*

guarda SUSTANTIVO

Un guarda es una persona que se dedica a cuidar y vigilar algo. *En la puerta del supermercado hay un guarda jurado.*

guardar VERBO

1. Guardar algo es cuidarlo, protegerlo. *Los perros guardan las ovejas.*

2. Guardar es también poner una cosa en su sitio. *Guardo mis lápices de colores en el estuche.*

guardería SUSTANTIVO

Una guardería es un lugar donde se cuida a los niños pequeños que todavía no van al colegio. *Laura lleva a Lola a la guardería antes de ir al trabajo.*

guerra SUSTANTIVO

Una guerra es una pelea con armas entre dos o más países. *A los niños no nos gustan las guerras.*

gusano SUSTANTIVO

Un gusano es un animal pequeño, con el cuerpo blando y sin patas, que se mueve arrastrándose. *Para moverse, el gusano estira y encoge su cuerpo.*

gusto SUSTANTIVO

1. El gusto es uno de los cinco sentidos y nos permite distinguir el sabor de las cosas. *Los cinco sentidos son: vista, oído, gusto, olfato y tacto.*

2. Cuando estamos cómodos, decimos que estamos a gusto. *Por la mañana estoy a gusto en la cama.*

h

habitación SUSTANTIVO

Una habitación es cada una de las partes de una casa, especialmente las que usamos para dormir. *Nuestra nueva casa tiene cuatro habitaciones, salón, cocina y dos baños.*

hablar VERBO

Hablar es comunicarse utilizando las palabras. *Helena habla todos los días por teléfono con sus abuelos, que viven en otro país.*

hacer VERBO

Hacer es elaborar, construir, crear o fabricar algo. *Gepetto hizo a Pinocho con un trozo de madera.*

hada SUSTANTIVO

Un hada es un personaje de los cuentos que tiene poderes mágicos y que puede conceder deseos. *El hada hechizó al príncipe con su varita.*

hambre SUSTANTIVO

Sentimos hambre cuando tenemos ganas de comer porque llevamos varias horas sin tomar nada. *Tengo tanta hambre que comería un elefante.*

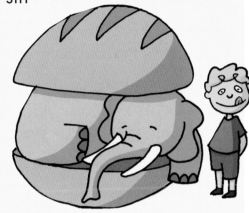

hámster SUSTANTIVO

Un hámster es un animal pequeño que se parece a un ratón y que muchos niños tienen como mascota. *A mi hámster le gusta girar en la ruleta.*

harina SUSTANTIVO

La harina es el polvo que se obtiene al moler el trigo y otros cereales. *Para hacer los buñuelos hay que batir la harina y los huevos.*

hebilla SUSTANTIVO

Una hebilla es una pieza de metal que se usa para sujetar los cinturones o los zapatos. *No puedo ajustar la hebilla de mi cinturón.*

helado, helada ADJETIVO

1. Algo está helado cuando está muy frío, tan frío como el hielo. *Patinamos sobre el agua helada.*

2. SUSTANTIVO Un helado es un dulce muy frío de diferentes sabores que tomamos, sobre todo, en verano. *El helado de fresa es el que más me gusta.*

helicóptero SUSTANTIVO

Un helicóptero es un vehículo que vuela gracias a una gran hélice que tiene en la parte de arriba. *Trasladaron a los montañeros heridos en un helicóptero.*

herida SUSTANTIVO

Una herida es un corte o un rasguño que nos hacemos en la piel al caernos o darnos un golpe. *Joe se ha hecho una herida en el dedo.*

hermano, hermana

SUSTANTIVO

Persona que tiene los mismos padres, o solo el mismo padre o la misma madre, que otra. *Tengo dos hermanos.*

hielo SUSTANTIVO

El hielo es agua congelada por el frío. *En los lugares muy fríos el suelo está cubierto de hielo.*

El río es una pista de **hielo**.
Ha empezado a helar,
el sapo y la sapa
no saben patinar,
saltan y se escurren.
¡Qué pena me dan!

Gloria Fuertes

hierba SUSTANTIVO

La hierba son plantas pequeñas de tallos finos y tiernos. *Paseamos descalzos sobre la fresca hierba.*

hierro SUSTANTIVO

El hierro es un metal duro, de color negro o gris, y muy usado en la industria. *El agua oxida el hierro.*

hijo, hija SUSTANTIVO

Los hijos son las personas que han nacido de unos padres o que han sido adoptadas por ellos. *Los padres siempre cuidan a sus hijos.*

hilo SUSTANTIVO

Un hilo es una fibra larga y delgada que se usa para coser. *No tengo hilo rojo para coser tu falda.*

hinchar VERBO

Cuando algo se hincha es que aumenta de tamaño. *Mi mejilla está hinchada porque me duele una muela.*

hipopótamo SUSTANTIVO

El hipopótamo es un animal grande que vive en los ríos de África. *El hipopótamo tiene las patas cortas.*

historia SUSTANTIVO

1. La historia son los sucesos importantes que han ocurrido en el mundo a lo largo del tiempo. *La historia se divide en Edad Antigua, Edad Media, Edad Moderna y Edad Contemporánea.*

2. Una historia es el relato de un hecho, casi siempre inventado. *El abuelo cuenta historias divertidas.*

Prehistoria

Edad Antigua
(griegos)

Edad Antigua
(romanos)

Edad Media

Edad Moderna

a b c d e f g h i j k l m n ñ o p q r s t u v w x y z

hoguera SUSTANTIVO

Una hoguera es un fuego que se hace al aire libre, normalmente con leña. *Los cazadores hacen hogueras para ahuyentar a los lobos.*

hoja SUSTANTIVO

1. La hoja es la parte de las plantas que crece en las ramas y en los tallos. Son de diferentes formas. *Tengo una colección de hojas secas.*
2. Una hoja es también una lámina de papel. *Este libro tiene 75 hojas.*

¡hola! INTERJECCIÓN

¡Hola! es una palabra que decimos para saludar a alguien. *¡Hola! ¡Cuánto tiempo sin verte!*

hora SUSTANTIVO

Una hora es el tiempo que tarda la aguja larga del reloj en dar una vuelta completa. El día está dividido en 24 horas. *Me han regalado un reloj porque ya sé las horas.*

hormiga SUSTANTIVO

La hormiga es un insecto, generalmente de color negro, que vive bajo tierra. *La casa de las hormigas se llama hormiguero.*

hortaliza SUSTANTIVO

Las hortalizas son plantas que se cultivan en la huerta para comerlas. *Compra hortalizas frescas para hacer una ensalada.*

lechuga

puerro

pimiento

repollo

tomate

zanahoria

hospital SUSTANTIVO

Un hospital es un edificio donde se lleva a los enfermos y heridos para ser curados por los médicos. *En los países pobres hay pocos hospitales.*

hoy ADVERBIO

Hoy es el día en que estamos. *Mira el calendario y di qué día es hoy.*

huelga SUSTANTIVO

Estar en huelga es no trabajar para protestar por algo. *Estamos en huelga porque queremos trabajar menos horas.*

huella SUSTANTIVO

Una huella es la marca que queda en un lugar después de pisarlo o de tocarlo. *Las rayitas que hay en las yemas de nuestros dedos son nuestras huellas dactilares.*

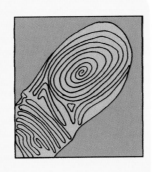

huérfano, huérfana ADJETIVO

Un huérfano es un niño que no tiene padres o que ha perdido a alguno de ellos. *Simón se quedó huérfano cuando era pequeño.*

hueso SUSTANTIVO

1. Los huesos son las partes duras de nuestro cuerpo. *Los huesos sostienen nuestro cuerpo.*

2. También se llama hueso la parte dura que tienen en el centro algunos frutos. *Ten cuidado con el hueso de la aceituna.*

huevo SUSTANTIVO

Un huevo es un cuerpo ovalado que ponen las hembras de algunos animales y de donde salen sus crías. *El pollito rompe el huevo para salir al exterior.*

huir VERBO

Huir es escapar rápidamente de un sitio. *Los ladrones huyeron velozmente cuando llegó la policía.*

humo SUSTANTIVO

El humo es un gas que sale de algo que se está quemando. *Cuando se quemó la casa, toda la calle estaba llena de humo.*

iglú SUSTANTIVO

Los iglús son casas construidas por los esquimales con bloques de hielo. *Para estar más calientes, los esquimales cubren los iglús con las pieles de los animales.*

igual ADJETIVO

Dos cosas son iguales cuando se parecen mucho o tienen la misma forma, el mismo tamaño, etc. *Tu mochila es igual que la mía.*

imagen SUSTANTIVO

Una imagen es una fotografía, un dibujo o una figura que representa algo. *Este documental ofrece imágenes muy interesantes.*

imaginar VERBO

1. Imaginar es formar en el pensamiento, a veces con fantasía, la imagen de algo. *Me gusta imaginar que soy un gran músico.*

2. Imaginar es también suponer algo. *Imagino que te veré mañana.*

imán SUSTANTIVO

Un imán es un cuerpo que atrae al hierro y otros metales. *Los alfileres son atraídos por el imán.*

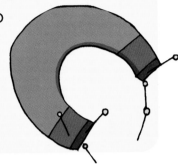

imitar VERBO

Imitar es hacer, o intentar hacer, lo mismo que otra persona o que un animal. *Alba imita muy bien el maullido del gato.*

impedir VERBO

Impedir es evitar algo o intentar que sea difícil de hacer. *El perro impidió que el lobo atacara el rebaño.*

impermeable ADJETIVO

Algo es impermeable cuando no deja pasar el agua. *Algunos materiales, como el plástico, son impermeables.*

importante ADJETIVO

Decimos que algo es importante si tiene mucho interés o mucho valor. *Esta reunión es importante.*

imposible ADJETIVO

Imposible significa que no puede suceder o que no se puede hacer. *Es imposible que llueva: no hay nubes.*

impresora SUSTANTIVO

Una impresora es una máquina que pone en un papel lo que nosotros escribimos o dibujamos en el ordenador. *La nueva impresora funciona con cartuchos de tinta.*

imprimir VERBO

Imprimir es pasar a papel un escrito, una fotografía, un dibujo. *¿Me puedes imprimir este dibujo?*

incendio SUSTANTIVO
Un incendio es un fuego muy grande que se extiende rápidamente. *En algunas ocasiones, los rayos provocan incendios.*

indicar VERBO
Indicar es decir algo con palabras o señales de forma que se entienda. *La señal de stop indica que hay que parar.*

indio, india SUSTANTIVO
1. Los indios son los nativos indígenas de América. *Los conquistadores que llegaron a América llamaron indios a sus habitantes porque creyeron que habían llegado a la India.*
2. Las personas de la India también se llaman indios. *Los indios creen que las vacas son animales sagrados.*

infancia SUSTANTIVO
La infancia son los primeros años de la vida de las personas y acaba cuando se llega a la adolescencia. *Ismael pasó su infancia en Venezuela.*

inmenso, inmensa ADJETIVO
Inmenso significa que es muy grande. *El cielo es tan inmenso que no tiene fin.*

insecto SUSTANTIVO
Un insecto es un animal pequeño con seis patas muy delgadas y dos antenas; algunos tienen alas y otros no. *El cuerpo de los insectos suele tener cabeza, tórax y abdomen.*

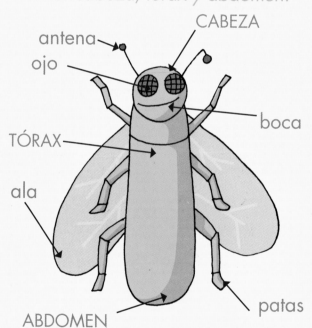

antena
ojo
CABEZA
boca
TÓRAX
ala
patas
ABDOMEN

instalar VERBO
Instalar es poner una cosa en un lugar y hacer lo necesario para que funcione. *Aún no ha venido el técnico para instalar la lavadora.*

instrumento SUSTANTIVO

1. Los instrumentos son objetos que utilizamos para hacer un trabajo. *Para hacer esta figura necesitas dos instrumentos: el compás y la regla.*

2. También son instrumentos los objetos utilizados para hacer música. *Hay instrumentos de cuerda, de viento, de percusión…*

guitarra

trompeta

tambor

piano

violín

flauta

maracas

batería

trompa

a b c d e f g h i j k l m n ñ o p q r s t u v w x y z

intentar VERBO

Intentar es hacer todo lo posible por realizar algo aunque no estemos seguros de conseguirlo. *El corredor intentará batir el récord del mundo en el próximo campeonato.*

interesante ADJETIVO

Algo nos parecer interesante cuando nos atrae, o nos resulta curioso o importante. *A mi abuelo le parece muy interesante ver las cosas a través del microscopio.*

inundación SUSTANTIVO

Una inundación se produce cuando hay mucha cantidad de agua y esta cubre todo. *Las lluvias torrenciales provocaron inundaciones.*

inútil ADJETIVO

Algo es inútil si no nos sirve para nada, si no tiene ninguna utilidad. *Tus rabietas son inútiles: sabes que así no consigues nada.*

inventar VERBO

1. Inventar es encontrar o crear una cosa que no existía antes. *Antonio Meucci inventó el teléfono.*

2. Inventar es también imaginar situaciones que no son reales. *Inventa un cuento en el que tú seas el protagonista.*

invierno SUSTANTIVO

El invierno es una de las cuatro estaciones del año. *En la provincia donde yo vivo, en invierno hace mucho frío y nieva.*

invisible ADJETIVO

Una cosa es invisible cuando no podemos verla. *Algunos seres vivos son tan pequeños que son invisibles.*

ir VERBO

1. Ir es moverse de un lugar a otro que está más lejos. *Si no cambiamos de idea, esta tarde iremos a jugar al parque.*

2. Irse es marcharse de un lugar. *Quiero irme ya porque, si no, voy a llegar tarde a casa.*

isla SUSTANTIVO

Una isla es una extensión de tierra rodeada de agua por todas partes. *Groenlandia es la isla más grande del mundo.*

izquierdo, izquierda

ADJETIVO

El lado izquierdo de nuestro cuerpo es el que está en el mismo lado que el corazón. *Metió el gol con la pierna izquierda.*

i

jabón SUSTANTIVO

El jabón es un producto que se usa para lavar nuestro cuerpo y también para lavar la ropa, los platos, etc. *Este jabón es especial para la piel de los bebés.*

jamón SUSTANTIVO

El jamón es la pierna del cerdo. Si se deja secar se llama jamón serrano. *El bocadillo que más me gusta es el de jamón serrano con tomate.*

jarabe SUSTANTIVO

El jarabe es una medicina líquida que debemos tomar cuando estamos enfermos. *Algunos jarabes tienen sabor a fresa.*

jardín SUSTANTIVO

Un jardín es un lugar en el que se cultivan plantas con flores. *En mi jardín he plantado flores de colores.*

jarrón SUSTANTIVO

Un jarrón es un recipiente que se usa como adorno o para poner flores. *Echa agua en el jarrón y pon las flores dentro para que no se sequen.*

jaula SUSTANTIVO

Una jaula es una caja con barrotes que sirve para tener animales. *En el laboratorio hay muchas jaulas con conejos de Indias.*

jefe, jefa SUSTANTIVO

En el lugar de trabajo, el jefe es la persona que manda y dirige a las personas que tiene a sus órdenes. *La nueva jefa de la empresa es una mujer bastante joven.*

jersey SUSTANTIVO

Un jersey es una prenda de vestir de punto y con mangas. *Me pondré el jersey de cuello alto para que me abrigue más.*

jinete SUSTANTIVO

Un jinete es una persona que monta a caballo. A la mujer que monta a caballo también se la puede llamar amazona. *El jinete cayó del caballo al saltar la valla.*

jirafa SUSTANTIVO

La jirafa es un animal propio de África, con el cuello muy largo y las patas delgadas. *Las jirafas se alimentan de las hojas de los árboles.*

joven ADJETIVO

Una persona joven es la que tiene pocos años pero ya no es un niño. *La abuela dice que cuando ella era joven no había televisión.*

joya SUSTANTIVO

Una joya es un objeto de oro, plata, piedras preciosas... que se usa como adorno. *Las joyas valiosas se guardan en la caja fuerte.*

juego. SUSTANTIVO

1. Un juego es algo que hacemos para divertirnos. *¿Has jugado alguna vez al juego de las sillas?*

2. Un juego es también un juguete formado, normalmente, por un tablero, fichas, tarjetas, etc. y con unas reglas. *Me han regalado un juego que se llama Pulsa el primero.*

jugar VERBO

Jugar es hacer cosas para pasarlo bien. *Me divierto mucho jugando a los videojuegos.*

juguete SUSTANTIVO

Un juguete es una cosa que sirve para jugar. *Me gusta fabricar mis propios juguetes con cajas, cartones, cuerda, etc.*

juntar VERBO

1. Juntar es acercar dos o más cosas hasta que se toquen. *Si juntamos dos mesas nos sentaremos todos alrededor.*

2. Juntar también es reunir cosas para tener más cantidad. *Entre todos hemos conseguido juntar 25 monedas.*

justo, justa ADJETIVO

1. Una persona justa es la que da a cada uno lo que le corresponde. *Si has hecho muy bien el examen, es justo que saques un diez.*

2. Cuando algo nos queda un poco apretado decimos que nos queda justo. *No puedo abrochar este pantalón porque me queda demasiado justo.*

3. Si un número, una cantidad, un peso... es justo quiere decir que es exacto, que ni sobra ni falta. *Estos patines cuestan 30 euros justos.*

kilogramo SUSTANTIVO

El kilogramo sirve para medir el peso. Solemos decir *kilo*.
En el carrito de la compra llevo cuatro kilogramos de naranjas.

kilómetro SUSTANTIVO

El kilómetro mide la longitud, es decir, la medida de las cosas, y las distancias.
Un kilómetro tiene 1000 metros.

kimono SUSTANTIVO

1. Un kimono es una prenda de vestir que usan las mujeres japonesas. *La actriz japonesa lleva un kimono de seda.*
2. También se llama kimono el traje que se utiliza en deportes como el yudo o el karate. *El kimono se sujeta con un cinturón de diferentes colores.*

koala SUSTANTIVO

El koala es un animal que vive en Australia. Como los canguros, la madre lleva a su hijo en una bolsa que tiene en el vientre. *Los koalas comen hojas de eucalipto.*

a b c d e f g h i j k l m n ñ o p q r s t u v w x y z

a
b
c
d
e
f
g
h
i
j
k
l
m
n
ñ
o
p
q
r
s
t
u
v
w
x
y
z

labio SUSTANTIVO

Los labios son los bordes que forman la abertura de la boca. *El frío me ha agrietado los labios*.

laboratorio SUSTANTIVO

Un laboratorio es un lugar en el que se hacen experimentos e investigaciones. *En este laboratorio se investiga una nueva vacuna.*

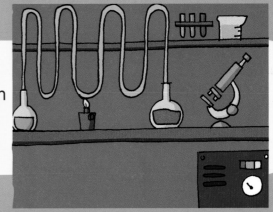

lado SUSTANTIVO

1. Un lado es la parte de un objeto que está cerca de sus extremos. *Para hacer este juego, los niños se colocarán en el lado izquierdo de la clase y las niñas, en el lado derecho.*

2. Lado es también cada una de las caras de un objeto. *Pon la tela por el lado del revés.*

ladrillo SUSTANTIVO

Un ladrillo es una pieza de barro cocido que se usa para construir casas. *Los tres cerditos construyeron su cabaña de ladrillo para que el lobo no pudiera destruirla.*

ladrón, ladrona ADJETIVO

Un ladrón es una persona que roba. *Esta película no me gusta: es de policías y ladrones.*

lago SUSTANTIVO

Un lago es una extensión grande de agua dulce, totalmente rodeada de tierra. *Dice la leyenda que en el lago Ness hay un monstruo.*

lágrima SUSTANTIVO

Las lágrimas son las gotas de agua que nos caen de los ojos cuando lloramos.

Mil lágrimas de cristal
resbalan por tu cara
para hacer un collar,
un collar de agua salada.
Carmen Gutiérrez

lámpara SUSTANTIVO

Una lámpara es un aparato que sirve para dar luz. *Enciende la lámpara para que podamos leer.*

lana SUSTANTIVO

La lana es el pelo de las ovejas y de otros animales parecidos, utilizado para fabricar un tejido con el que hacemos jerséis, bufandas, gorros, etc. *Para tejer la lana, mi madre utiliza dos agujas muy largas.*

lancha SUSTANTIVO

Una lancha es una barca grande que suele tener motor. *Los equipos de salvamento rescataron a los náufragos con sus lanchas.*

lanzar VERBO

Lanzar es arrojar algo con fuerza para que llegue lejos. *El defensa lanzó el balón lejos para que lo jugara el delantero.*

lápiz SUSTANTIVO

Un lápiz es un palito de madera que tiene dentro una mina y que se utiliza para escribir o dibujar. *Cuando la punta de mi lápiz se desgasta, tengo que afilarla.*

largo, larga ADJETIVO

1. *Largo* significa que tiene más longitud de lo normal. *Me he hecho una caña de pescar con una cuerda y un palo muy largo.*
2. Y también que dura mucho tiempo. *Los fines de semana deberían ser más largos.*

lata SUSTANTIVO

Una lata es un envase para meter cosas, sobre todo alimentos, fabricado con hojalata, que es una lámina de metal fina. *Para abrir esta lata de atún hace falta un abrelatas.*

latido SUSTANTIVO

Los latidos del corazón son los movimientos que hace cuando entra y sale la sangre. *Si pones la mano sobre el corazón, sientes sus latidos.*

lavabo SUSTANTIVO

El lavabo es un recipiente con grifos que sirve para lavarse la cara y las manos. *Gabriel se sube a un taburete para lavarse las manos en el lavabo.*

lavar VERBO

Lavar es quitar la suciedad con agua y jabón. *La camisa que acabo de lavar ya está seca.*

lazo SUSTANTIVO

Un lazo es un nudo que sirve de adorno. *Este vestido es muy cursi porque tiene muchos lazos.*

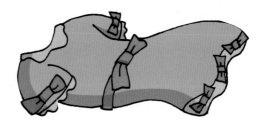

leche SUSTANTIVO

La leche es un líquido blanco que dan las vacas y otros animales. *Los alimentos que se hacen con leche se llaman lácteos.*

leer VERBO

Leer es entender lo que hay escrito en un libro, una revista, un cartel, etc. *Como ya sé leer, entiendo lo que dicen los libros.*

lejos ADVERBIO

Una cosa está lejos cuando está a mucha distancia. *Allá, a lo lejos, se veía una casita pequeña.*

lengua SUSTANTIVO

1. La lengua está dentro de la boca y la utilizamos para saborear los alimentos y para hablar. *El camaleón lanza su larga lengua para capturar insectos.*

2. También se llama lengua al conjunto de palabras que utilizan los habitantes de cada país para comunicarse. *La lengua que se habla en España es el español.*

lento, lenta ADJETIVO

Algo es lento cuando se mueve muy despacio. *Ahora los trenes son muy veloces, pero, en otros tiempos, eran muy, muy lentos.*

leña SUSTANTIVO

La leña es madera troceada para encender fuego. *Cortamos leña para encender la chimenea.*

león, leona SUSTANTIVO

El león es un animal salvaje que vive en África y Asia. El macho tiene una gran melena. *Se dice que el león es el rey de la selva porque es muy fuerte.*

letra SUSTANTIVO

Las letras son los signos que representan los sonidos de las palabras. *Las letras pueden ser vocales y consonantes.*

levantar VERBO

1. Levantar es mover una cosa de abajo hacia arriba o ponerla en un lugar más alto. *Klaus es muy fuerte y levanta pesas de muchos kilogramos.*

2. Levantarse es ponerse de pie y también salir de la cama. *Los domingos me levanto más tarde porque no voy al colegio.*

ley SUSTANTIVO

Una ley es una norma que todos debemos respetar y obedecer y que nos dice lo que se puede y lo que no se puede hacer. *Si no cumplimos las leyes, nos sancionarán.*

libre ADJETIVO

Libre quiere decir que no está encerrado. *Trasto ha escapado de su jaula porque quiere ser libre.*

librería SUSTANTIVO

Una librería es una tienda en la que se venden libros. *En esta librería tienen muchos libros infantiles.*

libreta SUSTANTIVO

Una libreta es un cuaderno pequeño donde anotas cosas: direcciones, cosas que tienes que hacer, teléfonos, etc. *Cada día, apunto en mi libreta los deberes que tengo que hacer.*

libro SUSTANTIVO

Un libro es un conjunto de hojas de papel unidas en las que puede haber textos, dibujos, fotografías, etc. *Cada libro que lees es una aventura que vives.*

liebre SUSTANTIVO

La liebre es un animal parecido al conejo, que vive en el monte. Es muy veloz porque tiene las patas traseras muy largas y le sirven para dar grandes saltos. *La liebre tiene largas orejas.*

ligero, ligera ADJETIVO

Una cosa es ligera cuando pesa poco. *Esta almohada es muy ligera porque es de plumas.*

limonada SUSTANTIVO

La limonada es una bebida hecha con agua, azúcar y zumo de limón. *En verano tomamos limonada porque es una bebida muy refrescante.*

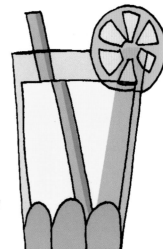

limpiar VERBO

Limpiar es quitar la suciedad de una cosa o de un lugar. *El barrendero limpia las calles de mi ciudad.*

limpio, limpia ADJETIVO

Una cosa está limpia si no tiene manchas ni suciedad. *Los cristales están limpios y relucientes.*

línea SUSTANTIVO

1. Una línea es una raya. *Las líneas pueden ser curvas o rectas.*

2. También es cada uno de los renglones que hacemos al escribir. *Tenemos que escribir una redacción de cinco líneas.*

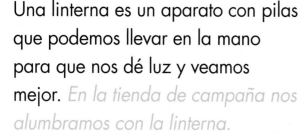

linterna SUSTANTIVO

Una linterna es un aparato con pilas que podemos llevar en la mano para que nos dé luz y veamos mejor. *En la tienda de campaña nos alumbramos con la linterna.*

líquido, líquida ADJETIVO

Un cuerpo es líquido si se presenta como el agua, puede derramarse y, cuando está en un recipiente, tiene la forma de ese recipiente. *Está enfermo y solo toma líquidos: agua, leche...*

liso, lisa ADJETIVO

Una cosa es lisa cuando no tiene arrugas, ni ondas, ni salientes. *Marina tiene el pelo muy liso.*

listo, lista ADJETIVO

1. Una persona es lista cuando comprende y aprende las cosas con rapidez y las hace bien. *Mi niño es muy listo: solo tiene dos años y ya sabe leer.*

2. Una persona está lista cuando está preparada para algo. *¿Preparados? ¿Listos? ¡Ya!*

litro SUSTANTIVO

El litro sirve para medir los líquidos. *Para llenar una bañera hacen falta muchos litros de agua.*

llama SUSTANTIVO

1. Las llamas son como brazos de fuego que salen de algo que se está quemando. *En la hoguera de San Juan las llamas eran muy altas.*

2. Una llama es un animal que vive en América del Sur. Tiene el pelo marrón y su cuello es bastante largo. *Las llamas se utilizan para llevar cargas por las montañas de los Andes.*

llamar VERBO

1. Llamar es decir el nombre de alguien en voz alta. *Entré en la consulta cuando me llamó la enfermera.*

2. Llamar es también tocar un timbre o golpear una puerta para que alguien abra. *Abre la puerta, que están llamando.*

3. Y telefonear. *Cuando vayas al parque, llámame por teléfono.*

4. Llamarse es tener un nombre. *Me llamo Clara.*

llave SUSTANTIVO

Una llave es un objeto que sirve para abrir y cerrar las cerraduras. *Después de cerrar la puerta, siempre guardo mis llaves en el bolso.*

llegada SUSTANTIVO

1. La llegada es el momento en que algo viene o sucede. *La caída de las hojas anuncia la llegada del otoño.*

2. La llegada es la línea donde acaba una carrera, la meta. *La línea de llegada está en la cima de la montaña.*

llegar VERBO

Llegar es alcanzar el punto final de un trayecto. *Llegaremos a la ciudad por la noche.*

lleno, llena ADJETIVO

Algo está lleno de una cosa cuando tiene gran cantidad de ella o cuando no cabe nada más. *La cesta está llena de nueces.*

llevar VERBO

1. Llevar es trasladar una cosa de una parte a otra. *Caperucita, lleva esta comida a tu abuelita.*

2. También conducir a alguien hasta un lugar. *El taxi nos llevó a la estación.*

3. Y también pasar un tiempo en un lugar o haciendo algo. *Llevo toda la tarde estudiando.*

llorar VERBO

Llorar es mostrar nuestra tristeza o nuestro dolor gimiendo y echando lágrimas. *Ada llora porque su papá se va de viaje.*

lluvia SUSTANTIVO

La lluvia es agua que cae de las nubes en forma de gotas. *Las gotas de lluvia están salpicando el cristal.*

lobo, loba SUSTANTIVO

Un lobo es un animal salvaje, similar a un perro, que vive en manadas en los bosques. *Los lobos aúllan para comunicarse unos con otros.*

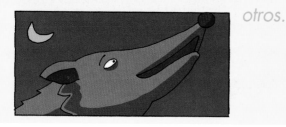

lombriz SUSTANTIVO

La lombriz es un gusano que vive en terrenos húmedos. *El cuerpo de la lombriz tiene más de 100 anillos.*

loncha SUSTANTIVO

Una loncha es un trozo plano y delgado de algunos alimentos. *Deme tres lonchas finas de jamón y cuatro lonchas de mortadela.*

longitud SUSTANTIVO

En una cosa plana, la longitud es su lado más largo. *Este campo de fútbol tiene 100 metros de longitud y 64 metros de ancho.*

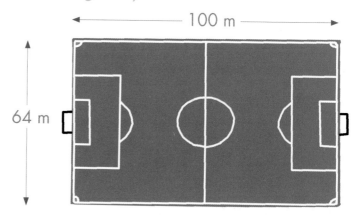

100 m

64 m

loro SUSTANTIVO

El loro es un ave que tiene las plumas de colores y el pico fuerte y curvo. Es capaz de repetir sonidos y palabras que escucha con frecuencia. *Los loros son animales fáciles de domesticar.*

lotería SUSTANTIVO

La lotería es un juego en el que se premian con dinero los boletos que tienen los números que han resultado ganadores en un sorteo. *En el sorteo de Navidad a mi padre le ha tocado la lotería.*

lugar SUSTANTIVO

1. Un lugar es el espacio que se ocupa o se puede ocupar. *Para que el puzle quede completo, cada pieza debe estar en su lugar.*
2. También, sitio que se ocupa en una lista, una clasificación, etc. *El equipo de Argentina quedó en segundo lugar.*

lunar SUSTANTIVO

Un lunar es una pequeña mancha de color oscuro que se forma en la piel. *Tengo un lunar en la mejilla.*

lupa SUSTANTIVO

Una lupa es un cristal grueso que aumenta el tamaño de las cosas. *Para leer esta letra tan pequeña necesitamos una lupa.*

luz SUSTANTIVO

La luz es la claridad que nos deja ver las cosas. De día tenemos la luz del sol. Por la noche, necesitamos luz eléctrica. *La luz se enciende en el interruptor.*

Luna SUSTANTIVO

La luna es el satélite de la Tierra, es decir, un planeta que gira alrededor de la Tierra. La luna se ve en el cielo cuando es de noche.

¿Has visto, mamá,
esa pequeña **estrella**
que duerme sobre la luna?
Sí, niña, sí.
La noche ya ha vuelto
y su suave brisa de silencio
mece despacio su cuna.

Carmen Gutiérrez

a b c d e f g h i j k l m n ñ o p q r s t u v w x y z

madera SUSTANTIVO

La madera es una materia que se obtiene del tronco de los árboles y que se utiliza para fabricar muebles, casas, herramientas, etc. *Cada año se talan miles de árboles para obtener madera.*

madre SUSTANTIVO

Una madre es una mujer que tiene hijos. Cariñosamente, la llamamos mamá. *Mi madre me lleva al colegio todas las mañanas.*

maestro, maestra SUSTANTIVO

El maestro es la persona que enseña cosas en la escuela para que los niños las aprendan. *Mi maestra se llama Emma.*

mago, maga SUSTANTIVO

Un mago es una persona que hace espectáculos de magia, que son trucos que nos resultan increíbles. *El mago hizo salir palomas de su sombrero.*

maíz SUSTANTIVO

El maíz es una planta de tallo alto y grueso y que produce granos amarillos que se comen.

Con los granos de maíz hacemos palomitas.

mal ADVERBIO

Una cosa está mal cuando no es correcta. Mal es lo contrario de bien. *Si haces mal el dibujo, tendrás que repetirlo para que quede bien.*

maleta SUSTANTIVO

Una maleta es una especie de caja, o cofre de tela, plástico, piel..., con asa, y a veces ruedas, en la que llevamos nuestra ropa y otras cosas cuando vamos de viaje. *En el aeropuerto facturamos nuestras maletas.*

malo, mala ADJETIVO

1. Una cosa es mala cuando no es beneficiosa o cuando es de poca calidad. *El humo de los coches es malo para la salud.*

2. Una persona es mala cuando hace daño a los demás. *Andrea es mala porque se burla de Carlota.*

3. Una persona está mala cuando está enferma. *José Luis se ha puesto malo en clase y el profesor ha llamado a sus padres.*

mamar VERBO

Mamar es lo que hacen los bebés cuando chupan la leche que sale de los pechos de sus madres. Muchos animales dan de mamar a sus crías. *Los animales que dan de mamar a sus crías se llaman mamíferos.*

mancha SUSTANTIVO

Una mancha es una señal de suciedad. *Me he hecho una mancha con la salsa de tomate.*

mandar VERBO

1. Mandar es ordenar a alguien lo que tiene que hacer. *Es la tercera vez que te mando recoger tu cuarto.*

2. Mandar es también enviar algo o a alguien a un lugar. *Acabo de mandar un correo electrónico.*

mano SUSTANTIVO

La mano es la parte del cuerpo que está al final del brazo. Las personas tenemos dos manos y en cada mano tenemos cinco dedos. *Muchas personas, para saludarse, se estrechan las manos.*

manguera SUSTANTIVO

Una manguera es un tubo largo y flexible; por uno de sus extremos entra agua y por el otro sale. *Los bomberos utilizan la manguera para apagar el fuego.*

manta SUSTANTIVO

Una manta es una tela grande de tejido caliente con la que nos tapamos cuando tenemos frío. *Nicolás es muy friolero y se tapa con una manta.*

En Hispanoamérica, a la **manta** se le llama *cobija.*

mantel SUSTANTIVO

Un mantel es una pieza de tela con la que se cubre la mesa durante la comida. *Pon el mantel de cuadros rojos.*

mantequilla SUSTANTIVO

La mantequilla es un alimento que se obtiene de la nata de la leche. *Mi papá utiliza la mantequilla para hacer la salsa bechamel.*

mañana ADVERBIO

1. Mañana es el día que viene después de hoy. *Hoy no puedo ir al cine; quedamos mañana.*

2. SUSTANTIVO La mañana es el tiempo que pasa desde que sale el sol hasta la hora de la comida. *Siempre dedico la mañana del domingo a pasear con mis abuelos.*

mapa SUSTANTIVO

Un mapa es un dibujo que representa la superficie de la Tierra o de alguna de sus partes. *En este mapa de México, ¿sabrías situar la capital, Ciudad de México?*

máquina SUSTANTIVO

Una máquina es un instrumento que sirve para hacer un trabajo. *Las máquinas hacen trabajos que antes hacían los hombres.*

maquillar VERBO

Maquillar es poner polvos o cremas sobre la cara o el cuerpo para tener un aspecto diferente. *Los payasos se maquillan la cara antes de actuar.*

mar SUSTANTIVO

El mar es una extensión muy grande de agua salada que cubre gran parte de la Tierra. *En el mapa de México, busca el mar Caribe.*

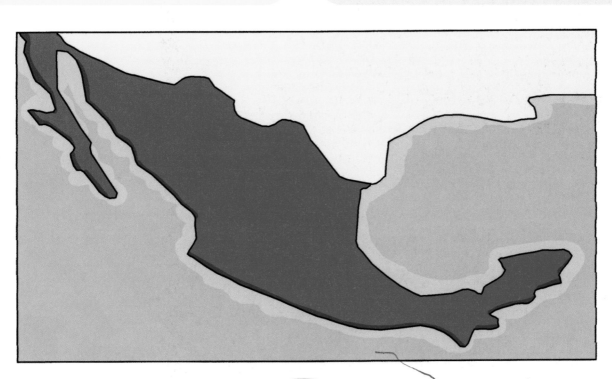

marcar VERBO

1. Marcar es hacer una señal para indicar algo. *Antes de cerrar el libro, marco la última página que he leído.*

2. En algunos deportes, marcar es conseguir un tanto. *El delantero de la selección brasileña marcó un gol impresionante.*

marchitar VERBO

Las flores y las plantas se marchitan cuando se secan y pierden su color y su frescura. *Cuando las flores se marchitan pierden sus vivos colores.*

marea SUSTANTIVO

La marea es el movimiento de subida y bajada de las aguas del mar. *Ha subido la marea y el agua ha destruido mi castillo de arena.*

marinero, marinera

SUSTANTIVO

Los marineros son personas que trabajan en un barco. *Los marineros obedecen al capitán del barco.*

marioneta SUSTANTIVO

Una marioneta es un muñeco que se mueve al tirar de unos hilos o metiendo la mano en su interior. *En el parque hay un teatro de marionetas.*

mariposa SUSTANTIVO

Una mariposa es un insecto con alas de colores muy llamativos. *¿Sabes cómo se convierten las orugas en bellas mariposas?*

mariquita SUSTANTIVO

La mariquita es un insecto de color rojo con pequeñas manchas de color negro. *Las mariquitas son buenas para el campo.*

Yo tengo dos buenas amigas.
Una es la señorita **Posa**.
La otra, la señorita **Quita**.
Si las dos se llaman **Mari**,
¿conoces ya a mis dos amigas?

Carmen Gutiérrez

martillo SUSTANTIVO

Un martillo es una herramienta con mango de madera y cabeza de hierro que se usa para golpear y clavar clavos. *El carpintero necesita el martillo para clavar las puntas en los muebles.*

masa SUSTANTIVO

Una masa es una mezcla que se hace con harina, agua, huevos u otros ingredientes y con la que elaboramos pan, pizzas, pasteles, etc. *Ya he preparado la harina, el agua, el aceite y la levadura para hacer la masa de la pizza.*

masticar VERBO

Masticar es triturar los alimentos con los dientes. *Si no masticas bien la comida puedes atragantarte.*

mayor ADJETIVO

1. Una persona es mayor cuando se hace adulta. También es mayor la persona que tiene muchos años. *Cuando sea mayor, seré piloto.*

2. Una persona es mayor que otra si ha nacido antes que ella. *Yo nací en abril y tú en mayo, así que yo soy mayor.*

3. Una cosa es mayor que otra cuando es más grande. *Plantaré este rosal en una maceta mayor.*

mayúscula SUSTANTIVO

Las letras mayúsculas son las que se utilizan cuando empezamos una oración, después de punto, en los nombres de personas y lugares… Son más grandes y tienen distinta forma que las minúsculas.

Javier, Angelina y España son nombres propios y se escriben con mayúscula.

medalla SUSTANTIVO

Una medalla es una pieza de metal que se da a los ganadores de una competición. *Los campeones olímpicos ganan la medalla de oro.*

mediano, mediana ADJETIVO

Mediano es el que está entre el mayor y el pequeño. *De los tres hermanos, el único rubio es el mediano.*

medicamento SUSTANTIVO

Los medicamentos son sustancias que se utilizan para curar enfermedades. *Compramos los medicamentos en la farmacia.*

médico, médica SUSTANTIVO

El médico es la persona que se dedica a curar a los enfermos. *El médico que cura a los niños se llama pediatra.*

medio SUSTANTIVO

1. Medio es la mitad de algo. *Hoy solo comeré media manzana.*
2. Y también el lugar situado en el centro. *El actor se puso en medio del escenario y saludó al público.*

mediodía SUSTANTIVO

Llamamos mediodía a las horas centrales del día, especialmente a la hora de comer. *A mediodía, los niños comen en el comedor del colegio.*

medir VERBO

1. Medir es calcular la altura o el tamaño de algo o de alguien. *Mide este rectángulo con la regla.*
2. Medir también es tener una altura. *Solo pueden subir a la montaña rusa las personas que miden más de 1,50 metros.*

mejor ADJETIVO

Mejor quiere decir más bueno, más conveniente. *Tu trabajo sobre las flores es mejor que el mío.*

memoria SUSTANTIVO

La memoria es la capacidad que tenemos para recordar cosas. *Tengo que aprender de memoria el nombre de los huesos del brazo.*

menor ADJETIVO

1. Una persona es menor que otra si ha nacido después que ella. *Yo nací en septiembre y tú en octubre, así que eres menor que yo.*

2. Una cosa es menor que otra cuando es más pequeña. *Este es el menor de los tres dormitorios de la casa.*

mentira SUSTANTIVO

Mentira es lo que no es verdad, un engaño. *Cuando Marta dice una mentira se sonroja porque sabe que está haciendo algo malo.*

menú SUSTANTIVO

El menú es la lista de comidas que hay para comer en un restaurante o en el comedor. *En el menú del nuevo restaurante han incluido platos típicos de la cocina mexicana.*

mercado SUSTANTIVO

Un mercado es un lugar donde se venden y compran cosas, especialmente alimentos. *Los abuelos de Lucía venden las hortalizas de su huerta en el mercado.*

merienda SUSTANTIVO

La merienda es una comida ligera que se hace a media tarde. *Guardamos la merienda en la mochila para tomarla en el parque.*

mermelada SUSTANTIVO

La mermelada es un dulce espeso que se hace con frutas y azúcar. *Hemos recogido moras para hacer mermelada.*

mes SUSTANTIVO

Los meses son cada una de las doce partes en que se divide el año.

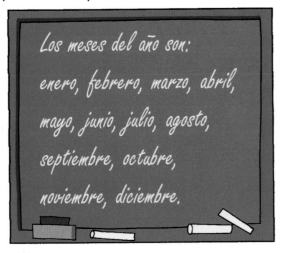

Los meses del año son:
enero, febrero, marzo, abril,
mayo, junio, julio, agosto,
septiembre, octubre,
noviembre, diciembre.

mesa SUSTANTIVO

La mesa es un mueble compuesto por una tabla sostenida por patas, que sirve para comer, escribir, etc. *En verano cenamos en la mesa del jardín.*

meta SUSTANTIVO

La meta es la línea donde acaba una carrera. *Los dos coches llegaron al mismo tiempo a la línea de meta.*

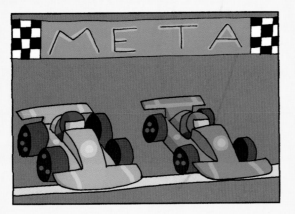

meter VERBO

Meter significa poner una cosa dentro de otra. *Doblé las camisetas y las metí en el cajón.*

metro SUSTANTIVO

1. El metro sirve para medir la altura, el tamaño o la distancia entre dos puntos. *La Torre Eiffel mide 324 metros.*

2. Un metro es también un tren subterráneo, es decir, que viaja por debajo de la tierra, que hay en las grandes ciudades. *El metro recorre la ciudad a gran velocidad.*

mezclar VERBO

Mezclar es juntar cosas para que queden unidas. *Si mezclas la pintura blanca con la negra, obtendrás pintura de color gris.*

miedo SUSTANTIVO

Miedo es lo que sentimos cuando estamos asustados. *Las películas de monstruos me dan mucho miedo.*

miel SUSTANTIVO

La miel es una sustancia dulce que fabrican las abejas con el néctar de las flores. *Cuando me duele la garganta, me tomo un vaso de leche caliente con miel.*

mina SUSTANTIVO

1. Una mina es un pozo hecho en la tierra para sacar minerales. *Cuando bajan a la mina, los mineros se ponen cascos con linterna.*

2. La barrita fina que está en el interior del lápiz también se llama mina. *Tengo que afilar mi lápiz porque se le ha gastado la mina.*

mineral SUSTANTIVO

Los minerales son rocas que se sacan del interior de la tierra. *El carbón es un mineral de color negro.*

minúscula SUSTANTIVO

Las minúsculas son las letras que utilizamos normalmente cuando escribimos, salvo en las palabras que se escriben con mayúscula. Las minúsculas son más pequeñas que las mayúsculas. *En español, los días de la semana se escriben con minúscula.*

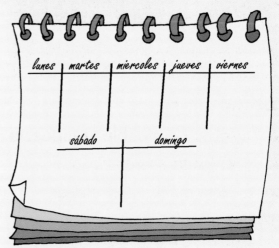

minuto SUSTANTIVO

Un minuto es cada una de las sesenta partes en que se divide una hora. *¿Sabes que los minutos tienen sesenta segundos?*

mirar VERBO

Mirar es dirigir los ojos hacia alguna parte. *Cuando mis amigos y yo pasamos delante de la juguetería, siempre miramos los coches de carrera que están en el escaparate.*

misterio SUSTANTIVO

Un misterio es algo extraño que no nos podemos explicar ni comprendemos. *El detective investiga el misterio relacionado con la desaparición del cuadro.*

mitad SUSTANTIVO

Mitad es cada una de las dos partes iguales en que se puede dividir algo. *Partiré la manzana por el medio: tú comes una mitad y yo la otra mitad.*

mochila SUSTANTIVO

Una mochila es una bolsa de tela o de plástico que se cuelga en la espalda para llevar los libros y otras cosas. *Algunas mochilas tienen ruedas y se llevan como un carrito.*

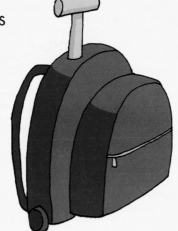

moda SUSTANTIVO

Moda son maneras de vestir o de comportarse que mucha gente sigue durante un tiempo porque es lo que se lleva. *En los desfiles, los diseñadores muestran la ropa que estará de moda cada temporada.*

modelo SUSTANTIVO

1. Un modelo es algo o alguien en que fijarnos para copiar o imitar. *Para dibujar el árbol, tomé como modelo el que hay en el patio.*

2. Un modelo o una modelo es una persona que muestra ropa que lleva puesta y otras cosas para que los demás las vean y las compren. *La modelo llevaba un conjunto de pantalón y camisa de color blanco.*

3. También es modelo la persona que posa delante de un artista para que la pinte o haga una escultura con sus rasgos. *Juan hizo de modelo y todos dibujamos su retrato.*

molestar VERBO

Molestar es hacer algo pesado o desagradable que enfade o fastidie a los demás. *¿Puedes tocar la trompeta en tu cuarto? Me estás molestando.*

molino SUSTANTIVO

Un molino es un lugar donde se muele, es decir, se tritura algo hasta convertirlo en polvo. *Don Quijote creía que los molinos de viento eran gigantes.*

moneda SUSTANTIVO

Una moneda es un objeto de metal redondo con el que podemos comprar cosas. *Las monedas de dos euros son más grandes que las de un euro.*

molusco SUSTANTIVO

Los moluscos son animales que viven en el mar. Muchos protegen su cuerpo con una concha dura. *La almeja y la ostra son moluscos.*

mono, mona SUSTANTIVO

Un mono es un animal que vive en la selva. Los monos tienen el cuerpo cubierto de pelo, y algunos viven en los árboles. *Los gorilas y los orangutanes son monos.*

montaña SUSTANTIVO

Una montaña es una elevación muy grande del terreno. *Varias montañas juntas forman una cordillera.*

monumento SUSTANTIVO

Un monumento es una construcción que tiene gran valor porque es muy antigua, porque es muy bella o porque se hizo para recordar un hecho o a una persona. *Cuando visitamos a una ciudad, admiramos sus monumentos más conocidos.*

morder VERBO

Morder es clavar los dientes en una cosa. *A Martina se le han caído dos dientes y no puede morder el pan.*

moreno, morena ADJETIVO

Una persona morena es la que tiene el pelo o la piel de color oscuro. *Lucía es morena y Julia es rubia.*

morir VERBO

Morir es dejar de existir. *Todos los seres vivos tenemos que morir.*

mosca SUSTANTIVO

La mosca es un pequeño insecto volador de color negro que es muy abundante en verano. *Las moscas no pican pero molestan mucho.*

mosquito SUSTANTIVO

El mosquito es un insecto volador, más pequeño que la mosca, y que pica a las personas para alimentarse con su sangre. *Me ha picado un mosquito y me ha salido un grano.*

moto SUSTANTIVO

Moto es como solemos llamar normalmente a la motocicleta, un vehículo de dos ruedas, parecido a la bicicleta, pero que tiene un motor. *Para viajar en moto, utilizo un traje especial.*

motor SUSTANTIVO

Un motor es un mecanismo que mueve o hace funcionar un vehículo, una máquina, etc. *Hilda llevará su coche al taller porque su motor no funciona bien.*

mucho, mucha ADJETIVO

1. *Mucho* quiere decir que algo es muy abundante o muy numeroso. *Pilar tiene muchos amigos en la ciudad.*

2. ADVERBIO *Mucho* también quiere decir "con intensidad" y "en gran cantidad". *Estela se parece mucho a su hermano.*

mudo, muda ADJETIVO

Una persona muda es la que no puede hablar. *Como es mudo, se comunica con los demás por medio de gestos.*

mueble SUSTANTIVO

Los muebles son objetos que hay en las casas para dormir, comer, sentarnos, escribir… y también para adornar. *Las mesas, las sillas, las camas, etc. son muebles.*

mundo SUSTANTIVO

Llamamos mundo al planeta Tierra, que es donde nosotros vivimos. *En la bola del mundo se ven todos los países y todos los mares.*

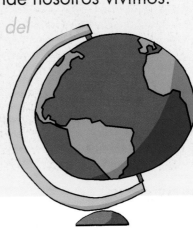

muralla

SUSTANTIVO

Una muralla es un muro alto y grueso que rodea un lugar para defenderlo. *La muralla más grande del mundo está en China.*

músculo SUSTANTIVO

Los músculos son partes del cuerpo formadas por tejido elástico que envuelven a los huesos y que permiten que podamos movernos. *Nuestro cuerpo tiene más de 600 músculos.*

museo SUSTANTIVO

Un museo es un edificio en el que se guardan y muestran cuadros, esculturas y otros objetos de mucha importancia. *En el Museo de Ciencias Naturales había varios fósiles.*

música SUSTANTIVO

La música es una combinación de sonidos que resulta agradable y que a veces nos sirve para expresar nuestros sentimientos. *Para escribir la música, se utilizan cinco líneas paralelas que se llaman pentagrama.*

nacer VERBO

Nacer es cuando un ser vivo comienza a vivir, saliendo del vientre de la madre, de un huevo o de una semilla. *Los cachorros acaban de nacer.*

nadar VERBO

Nadar es avanzar por el agua flotando, ayudándose de las manos y de los pies. *Estoy aprendiendo a nadar de espalda.*

nariz SUSTANTIVO

La nariz es la parte de la cara que está entre la frente y la boca. Sirve para respirar y para reconocer el olor de las cosas. *Cuando nos constipamos, no respiramos bien por la nariz.*

naturaleza SUSTANTIVO

Naturaleza son las cosas y seres que existen que no han sido hechos por el hombre. *Tenemos que respetar la naturaleza.*

navegar VERBO

Navegar es viajar por el mar en un barco. *Eduardo navega por los mares en un barco pirata.*

necesario, necesaria ADJETIVO

Las cosas necesarias son esas sin las que no se puede estar, sin las que algo no puede hacerse. *Las raquetas y la pelota son necesarias para jugar un partido de tenis.*

nido SUSTANTIVO

Los nidos son casas que construyen las aves para poner sus huevos. *Los pájaros construyen sus nidos con hierba, ramas, barro…*

niebla SUSTANTIVO

La niebla es una nube que está tocando el suelo y que no nos deja ver con claridad. *Cuando hay niebla, los coches deben circular con mucha precaución.*

nieve SUSTANTIVO

La nieve es agua helada que cae del cielo cuando hace mucho frío.

¿Sabes que, aunque parecen bolitas redondas, los copos de **nieve** tiene seis puntas y seis lados?

niño, niña SUSTANTIVO

Un niño es una persona que tiene pocos años. *Los niños quieren jugar todo el día.*

noche SUSTANTIVO

La noche es la parte del día en que el cielo está oscuro. *Por la noche, se puede ver la luna y las estrellas.*

nombre SUSTANTIVO

El nombre es la palabra con que llamamos a las personas, los animales y las cosas para distinguirlos de los demás. *Cuando nacemos, nuestros padres nos ponen un nombre.*

normal ADJETIVO

Algo normal es algo que no nos parece extraño y sí natural, habitual. *Si eres constante, lo normal es que obtengas buenos resultados.*

Norte SUSTANTIVO

El Norte es uno de los cuatro puntos cardinales. *La brújula señala el Norte.*

nota SUSTANTIVO

1. La nota es un número o una palabra que ponen los profesores para valorar el trabajo y el esfuerzo de los alumnos. *He sacado buenas notas porque he estudiado mucho.*

2. Las notas musicales son signos que representan a los sonidos. *Las notas musicales son do, re, mi, fa, sol, la, si.*

3. Una nota es también lo que apuntamos en un papel para recordar algo. *He apuntado la dirección del doctor en una nota.*

noticia SUSTANTIVO

Una noticia es algo que ha pasado que es importante y que interesa a la gente. *Podemos leer las noticias en el periódico.*

nube SUSTANTIVO

Las nubes son masas de vapor de agua que flotan en el cielo. *Las gotas de agua que caen cuando llueve vienen de las nubes.*

nuevo, nueva ADJETIVO

Una cosa es nueva cuando no ha sido usada antes, o se ha usado muy poco. *Pronto nos trasladaremos a la nueva casa.*

nuez SUSTANTIVO

La nuez es el fruto del nogal. Tiene una cáscara muy dura y arrugada. *Este bizcocho tiene nueces y cacao.*

número SUSTANTIVO

Los números son signos que representan cantidades y que nos sirven para contar cosas y para hacer operaciones. *Escribe los números del 1 al 10.*

a b c d e f g h i j k l m n ñ o p q r s t u v w x y z

ñandú SUSTANTIVO

El ñandú es una ave, similar al avestruz, que vive en América del Sur. *El ñandú es un ave muy veloz.*

ñoño, ñoña ADJETIVO

Una persona ñoña es un persona muy delicada y que se queja por todo. *Tu hermano es un ñoño: no se le puede tocar.*

ñu SUSTANTIVO

El ñu es un animal que vive en África del Sur. Su cuerpo es parecido al del caballo y su cabeza se parece a la del toro porque tiene cuernos. *El ñu tiene grandes barbas.*

obedecer VERBO

Obedecer es hacer lo que nos mandan. *Si no le obedecemos, nuestro profesor se enfada con nosotros.*

observar VERBO

Observar es mirar algo con mucha atención. *Me gusta observar cómo trabajan las hormigas.*

océano SUSTANTIVO

Un océano es un mar muy grande. *El océano más grande es el océano Pacífico.*

ocupado, ocupada ADJETIVO

1. Una persona está muy ocupada cuando tiene muchas cosas que hacer. *Hoy no saldré a jugar porque estoy muy ocupada.*

2. Un lugar está ocupado si no está libre. *Este asiento está ocupado.*

a b c d e f g h i j k l m n ñ **o** p q r s t u v w x y z

Oeste SUSTANTIVO

El Oeste es uno de los cuatro puntos cardinales. *El sol se pone por el Oeste.*

oído SUSTANTIVO

1. El oído es uno de los cinco sentidos, el que nos permite percibir los sonidos. *Los delfines tienen muy desarrollado el sentido del oído.*

2. El oído es la parte del cuerpo con la que oímos. *En el oído está el hueso más pequeño de nuestro cuerpo y se llama estribo.*

oír VERBO

Oír es percibir los sonidos. *No te he oído bien. ¿Me lo repites?*

ojo SUSTANTIVO

Los ojos son la parte del cuerpo que nos sirve para ver. *Estas son las partes externas del ojo.*

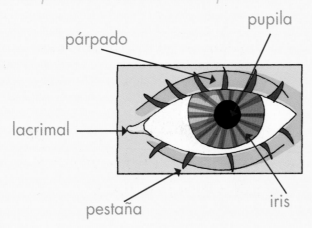

pupila

párpado

lacrimal

pestaña

iris

ola SUSTANTIVO

Una ola es una onda muy grande que se forma en el mar.

No te quedes a mirar
las olas que vienen
las olas que van.
Si una ola revoltosa
contigo quiere jugar,
te hará cosquillas con sus dedos,
con sus dedos de agua de mar.
Carmen Gutiérrez

oler VERBO

1. Oler es percibir los olores. *Me gusta oler el tomillo fresco.*

2. Oler es también despedir olor. *La lavanda huele muy bien.*

olfato SUSTANTIVO

El olfato es uno de los cinco sentidos y es el que nos permite oler las cosas. *Los perros tiene buen olfato.*

olvidar VERBO

1. Olvidar algo es no recordarlo. *Olvidé decirte que llegaría tarde.*

2. Olvidar es tambien dejarse algo en algún sitio. *He olvidado el paraguas en tu casa.*

ombligo SUSTANTIVO

El ombligo es la cicatriz que nos queda en el vientre después de haber cortado el cordón que une al bebé con su madre mientras está en su vientre. *La enfermera protege el ombligo del bebé con una gasa.*

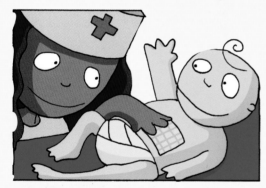

operación SUSTANTIVO

1. En matemáticas, una operación es un cálculo que hacemos con números. *Las sumas y las restas son operaciones.*

2. Una operación es también abrir una parte del cuerpo para curar o sacar órganos enfermos. *Las operaciones las hace el cirujano en un lugar llamado quirófano.*

ordenador SUSTANTIVO

El ordenador es una máquina en la que se instalan programas para guardar y trabajar con muchos datos de forma rápida y exacta. *Con el ordenador podemos trabajar y jugar.*

En HIspanoamérica, se dice *computadora* en vez de *ordenador*.

oreja SUSTANTIVO

La oreja es la parte exterior del oído. Tenemos una oreja a cada lado de la cabeza. *Me tapo las orejas con el gorro para combatir el frío.*

orilla SUSTANTIVO

1. La orilla es el borde de una cosa. *La bicicleta circulaba por la orilla del camino.*

2. La orilla del mar, de un río, de un lago, etc. es la parte de tierra que está tocando el agua. *Me senté a la orilla del río para ver los peces.*

a
b
c
d
e
f
g
h
i
j
k
l
m
n
ñ
o
p
q
r
s
t
u
v
w
x
y
z

oro SUSTANTIVO

El oro es un metal de color amarillo muy valioso, y se emplea para hacer joyas. *Me han regalado unos pendientes de oro.*

orquesta SUSTANTIVO

Una orquesta es un grupo de personas que, dirigidas por un director, tocan diversos instrumentos: violines, flautas, oboes, etc. *La orquesta interpretó música de Mozart y Vivaldi.*

oscuro, oscura ADJETIVO

1. Un lugar está oscuro cuando tiene poca luz. *La entrada de la cueva está oscura y da miedo.*

2. Decimos que un color es oscuro, o más oscuro que otro, cuando se acerca más al negro. *Pinta el mar de azul oscuro y el cielo de azul claro.*

oso, osa SUSTANTIVO

El oso es un animal grande, con el cuerpo cubierto de pelo, las patas fuertes y la cola corta. *El oso polar tiene el pelo blanco y se alimenta de focas y peces.*

otoño SUSTANTIVO

El otoño es la estación del año que sigue al verano. Llegan los primeros fríos y se caen las hojas de los árboles. *En otoño las hojas de algunos árboles se ponen amarillas y rojas.*

oveja SUSTANTIVO

La oveja es un animal doméstico, con el cuerpo cubierto de lana, que vive en rebaños. El macho de la oveja se llama carnero. *La industria textil utiliza la lana de las ovejas.*

p

padre SUSTANTIVO

Un padre es un hombre que tiene hijos.
Cariñosamente, le llamamos papá. *Los domingos salgo a pescar con mi padre.*

pagar VERBO

Pagar es dar dinero cuando compramos algo. *No compraré este disco porque no tengo suficiente dinero.*

página SUSTANTIVO

Una página es cada una de las dos caras de las hojas de un libro, un periódico, un cuaderno, etc. *Las tablas de multiplicar están en la página 14.*

país SUSTANTIVO

Un país es un territorio limitado por fronteras y cuyos habitantes están gobernados por las mismas personas. *Vivo en un país de Europa llamado España y Hamed, en un país de África que se llama Marruecos.*

a b c d e f g h i j k l m n ñ o p q r s t u v w x y z

paisaje SUSTANTIVO

Llamamos paisaje a la extensión de terreno que vemos desde un lugar. *Los pintores pintan bonitos paisajes.*

pájaro SUSTANTIVO

Los pájaros son aves pequeñas. *El ruiseñor es un pájaro que canta muy bien.*

palabra SUSTANTIVO

Las palabras son conjuntos de sonidos o de letras que utilizamos para nombrar las cosas y para comunicarnos con los demás.

Yo tengo un cofre lleno de **palabras**.
Mi cofre tiene un candado
y una llave lo cierra.
Porque, si abro mi cofre,
saldrán ROSA, AMIGO y ABRAZO,
pero, si abro mi cofre,
también saldrá GUERRA.

Carmen Gutiérrez

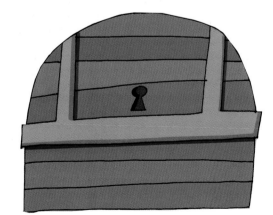

palmera SUSTANTIVO

La palmera es un árbol muy alto, con hojas grandes y puntiagudas en lo alto. *En la plaza han plantado varias palmeras para que den sombra.*

paloma SUSTANTIVO

La paloma es un ave pequeña con las plumas de color blanco, negro o gris. *Manuel echa miguitas de pan a las palomas.*

pan SUSTANTIVO

El pan es un alimento elaborado con una masa de harina, agua, sal y levadura, cocida en un horno. *El pan es muy importante en nuestra alimentación.*

panadero, panadera
SUSTANTIVO

El panadero es la persona que hace y vende pan. *El panadero abre la panadería a las nueve.*

pantalón SUSTANTIVO

El pantalón es una prenda de vestir que se sujeta en la cintura y cubre las dos piernas por separado. *En verano siempre uso pantalón corto.*

pañuelo SUSTANTIVO

Un pañuelo es un trozo de tela o papel suave que sirve para limpiarse la nariz y algunos objetos. *Limpio mis gafas con un pañuelo.*

papel SUSTANTIVO

El papel es un producto que se extrae de la madera y que sirve para hacer libros, periódicos, etc. y también para envolver. *Si reciclamos el papel que utilizamos, protegemos nuestros árboles.*

papelera SUSTANTIVO

Una papelera es un recipiente para echar los papeles que no sirven. *Junto a mi mesa de estudio hay una papelera.*

paquete SUSTANTIVO

Un paquete es un objeto envuelto o metido en una caja o en una bolsa para transportarlo. *Este paquete contiene objetos muy frágiles.*

par SUSTANTIVO

Un par son dos cosas iguales. *En la mochila llevo un par de zapatos, un par de guantes, un gorro y una bufanda.*

gorro

bufanda

guantes

zapatos

paraguas SUSTANTIVO

Un paraguas es un objeto compuesto de una especie de bastón y un tejido impermeable, con el que nos protegemos de la lluvia. *Mi paraguas tiene un dibujo de Peter Pan.*

parar VERBO

1. Parar es dejar de moverse o dejar de hacer algo. *Si no paras, no podré cortarte el pelo.*

2. Parar es también hacer que algo deje de moverse o de funcionar. *El conductor paró el autobús cuando llegó a la estación.*

pararrayos SUSTANTIVO

El pararrayos es un aparato que se coloca en los edificios para atraer los rayos y evitar así que causen daños. *Los pararrayos se ponen en los tejados de las casas.*

pared SUSTANTIVO

Las paredes son muros que sujetan las casas. Los que separan las distintas habitaciones de una casa son más delgados que los exteriores. *Blanca ha hecho dibujos en la pared de su cuarto.*

paro SUSTANTIVO

Una persona está en paro cuando no tiene trabajo. *Isaac está en el paro porque la fábrica donde trabajaba ha cerrado.*

parque SUSTANTIVO

Un parque es un lugar con árboles, césped, bancos, juegos para niños, etc. donde la gente va a descansar, a pasear… *Cuando voy al parque, me gusta jugar con la arena.*

parte SUSTANTIVO

1. Una parte es una porción o una cantidad de algo. *Yo he hecho mi parte del trabajo; ahora te toca a ti.*

2. Una parte es también un lugar. *No veo a Eva en ninguna parte.*

partir VERBO

1. Partir es dividir algo en partes. *¿Puedes partir la tarta en pedazos?*

2. Partir es también irse de un lugar. *La expedición partió de León.*

pasado SUSTANTIVO

El pasado es el tiempo anterior al presente, es decir, al tiempo que vivimos. *Los libros de historia cuentan lo que pasó en el pasado.*

pasar VERBO

1. Pasar es ocurrir algo. *Pase lo que pase, no te alejes de mí.*

2. Pasar es también estar un tiempo en un lugar o haciendo algo. *Pasaré la tarde en la biblioteca.*

3. E ir a un lugar o entrar en él. *Pasa, no te quedes en la puerta.*

4. Y atravesar, cruzar de un lado a otro. *Cruzaremmos el río pisando en las piedras más grandes.*

pasear VERBO

Pasear es caminar sin prisa para divertirse o para hacer ejercicio. *Por la tarde, me gusta pasear por la ciudad.*

pasta SUSTANTIVO

La pasta es una comida hecha con una mezcla de harina y agua; los macarrones y los espaguetis son pasta. *La pasta es un plato típico de Italia.*

pastor, pastora SUSTANTIVO

Un pastor es una persona que cuida los rebaños de vacas, de ovejas, etc. *El pastor llevó las cabras al monte.*

pata SUSTANTIVO

1. Pata es la pierna de los animales. *Mi perro tiene una herida en la pata.*

2. Patas son también las piezas con que los muebles se apoyan en el suelo. *No te sientes en esta silla porque tiene una pata rota.*

patín SUSTANTIVO

Los patines son unas botas con ruedas o con una cuchilla con las que podemos deslizarnos por el suelo. *Mis patines son especiales para patinar sobre hielo.*

pato, pata SUSTANTIVO

El pato es un ave de pico ancho y patas cortas que vive, normalmente, en lugares donde hay agua, porque, además de volar, los patos también saben nadar. *¿Te gustan los dibujos animados del pato Donald?*

pavo, pava SUSTANTIVO

El pavo es un ave grande, sin plumas en la cabeza y en el cuello. Algunos se crían en las granjas porque tiene una carne muy sabrosa. *El pavo real tiene una bonita cola de plumas de colores.*

payaso, payasa SUSTANTIVO

Un payaso es una persona que trabaja haciendo reír a la gente, especialmente en los circos. *Los payasos se ponen una narizota de color rojo.*

paz SUSTANTIVO

La paz es cuando no hay guerras, ni peleas. *La paloma es el símbolo de la paz.*

pedir VERBO

Pedir es decir a alguien que nos dé o nos haga alguna cosa. *De postre voy a pedir arroz con leche.*

pegamento SUSTANTIVO

El pegamento es una pasta que se utiliza para unir cosas. *Pega la maqueta de cartón con pegamento.*

peinar VERBO

Peinar es pasar un peine o un cepillo por el pelo para desenredarlo y dejarlo bonito. *Sergio se peina el pelo de punta.*

pelear VERBO

Pelear es discutir, y también pegarse, con otra u otras personas. *Daniela y David están castigados porque se pelearon en el patio.*

película SUSTANTIVO

Una película es una historia contada por medio de imágenes y sonido. *Iremos al cine a ver una película de aventuras.*

peligro SUSTANTIVO

Un peligro es algo malo que puede suceder y que nos causaría daño. *Bañarse en este río tan caudaloso es un peligro.*

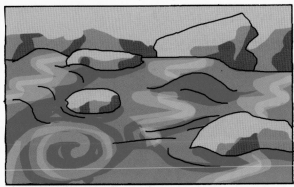

peligroso, peligrosa ADJETIVO

Algo es peligroso si puede ocasionar un daño. *Jugar cerca de la carretera es peligroso.*

pelo SUSTANTIVO

El pelo es lo que crece en los poros de la piel y en la cabeza de las personas y en el cuerpo de muchos animales. *El pelo que tenemos en la cabeza se llama cabello y el que tenemos en algunas partes de nuestro cuerpo se llama vello.*

pelota SUSTANTIVO

Una pelota es una bola redonda que sirve para jugar y practicar algunos deportes. *La pelota de golf es más pequeña que la de tenis.*

pensar VERBO

1. Pensar es formar ideas en la cabeza. *No pienses más en ello.*

2. Pensar es también examinar con la mente para hacer algo o solucionar un problema. *Antes de hacer la redacción, pensaremos el tema sobre el que vamos a escribir.*

peor ADJETIVO

Peor significa más malo, menos conveniente. *El segundo capítulo de este libro es peor que el primero.*

pequeño, pequeña ADJETIVO

1. Una cosa pequeña es la que tiene poco tamaño, la que dura poco tiempo o la que tiene poca importancia. *El pez grande se come al pez pequeño.*

2. Una persona pequeña es la que tiene pocos años o la que mide menos de lo normal. *No puedes ver esta película porque eres pequeña.*

perder VERBO

1. Perder es quedarse sin algo que se tenía. *Estoy triste porque ayer perdí mis tres canicas.*

2. Perder es también no subir en el tren, en el autobús, etc. por no llegar a tiempo. *Llegué tarde a la parada y perdí el autobús.*

3. Y, en un juego o en un deporte, no ser el que gana. *Ferrero perdió el segundo set.*

4. Perderse es no saber dónde estamos, no encontrar el camino. *No conocíamos la ciudad y nos perdimos.*

perdonar VERBO

Perdonar es no tener en cuenta algo malo que nos ha hecho alguien. *No me gusta que me insultes pero te perdono.*

perezoso, perezosa ADJETIVO

Una persona perezosa es la que nunca tiene ganas de hacer cosas, sobre todo, trabajar. *Alicia es muy perezosa para estudiar.*

perfecto, perfecta ADJETIVO

Algo es perfecto cuando está tan bien que ya no se puede mejorar. *Este traje me queda perfecto.*

periódico
SUSTANTIVO

Un periódico es un conjunto de hojas, normalmente grandes, donde aparecen las noticias de cada día, artículos, anuncios, etc. *Los periódicos tienen varias secciones: actualidad, cultura, deportes, etc.*

perro, perra SUSTANTIVO

El perro es un animal doméstico. *Algunos perros son adiestrados para ayudar a las personas que no pueden ver.*

personaje SUSTANTIVO

Los personajes son las personas, o los animales y cosas que se comportan como las personas, que salen en los cuentos y en las películas. *En esta obra de teatro solo intervienen tres personajes: el mago, el niño y el anciano.*

pesadilla SUSTANTIVO

Una pesadilla es un sueño que no nos gusta y que nos asusta. *No me gustan los libros de brujas porque tengo pesadillas.*

pesado, pesada ADJETIVO

1. Una cosa pesada es la que tiene mucho peso. *No puedo mover esta silla porque es demasiado pesada.*
2. Alguien pesado es el que cansa y molesta. *Eres un pesado: siempre estás molestando.*

pesar VERBO

Pesar es saber el peso. Se mide en kilos o en gramos. *Esta bolsa de patatas pesa dos kilos.*

pescado SUSTANTIVO

El pescado son los peces que se pescan para comerlos. *Hoy cenaremos pescado con salsa.*

pescar VERBO

Pescar es sacar peces del agua. *Tengo una caña pequeña para pescar truchas.*

petróleo SUSTANTIVO

El petróleo es un líquido oscuro que se encuentra dentro de la tierra y que se utiliza para hacer gasolina, gasóleo, plástico, etc. *Las plataformas petrolíferas permiten extraer el petróleo.*

pez SUSTANTIVO

El pez es un animal que solo puede vivir en el agua. Hay peces de mar, como la sardina, y peces de río, como la trucha. *Los peces tienen el cuerpo cubierto de escamas.*

picar VERBO

1. Picar es la forma de morder de algunos animales: mosquitos, abejas, serpientes, etc. *Me ha picado una pulga.*
2. Picar es también tener una sensación molesta porque tenemos un grano o una picadura. *Me pican los ojos porque hay humo.*
3. Y morder los peces el anzuelo cuando estamos pescando. *Con este cebo, seguro que pica un pez.*

pico SUSTANTIVO

1. El pico es la boca de las aves. *Los patos tienen el pico aplanado.*

2. Un pico es también una esquina o un saliente. *Me he hecho daño con el pico de la mesa.*
3. Y también una montaña puntiaguda. *En la cordillera del Himalaya están los picos más altos.*

pie SUSTANTIVO

El pie es la parte del cuerpo que está al final de la pierna. Las personas tenemos dos pies y en cada pie tenemos cinco dedos. *Con los pies sostenemos nuestro cuerpo en el suelo.*

piel SUSTANTIVO

La piel es un tejido que cubre el cuerpo de las personas y los animales. *El sol pone nuestra piel más morena.*

pila SUSTANTIVO

Una pila es un aparato pequeño que produce electricidad. *Las pilas pueden ser cilíndricas, de botón, de petaca…*

pincel SUSTANTIVO

Un pincel es un instrumento que sirve para pintar y que tiene un mango delgado que acaba en unos pelos. *Para pintar los pájaros, utiliza un pincel fino.*

pingüino SUSTANTIVO

El pingüino es un ave de color blanco y negro, que vive en las costas heladas de los polos. Son expertos nadadores. *Aunque son aves, los pingüinos no pueden volar.*

pino SUSTANTIVO

El pino es un árbol muy alto con hojas en forma de agujas. Los pinos dan piñas y piñones. *Los terrenos donde hay muchos pinos se llaman pinares.*

pintar VERBO

Pintar es cubrir algo con pintura. Podemos pintar paredes o ventanas, y también bonitos cuadros. *Siempre pinto mis dibujos con acuarelas.*

pirámide SUSTANTIVO

Una pirámide es una construcción que tiene cuatro lados con forma de triángulo. *En Egipto todavía hay pirámides, que se construyeron en la época de los faraones.*

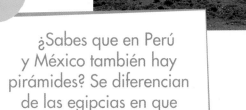

¿Sabes que en Perú y México también hay pirámides? Se diferencian de las egipcias en que son escaladas.

143

a b c d e f g h i j k l m n ñ o p q r s t u v w x y z

a b c d e f g h i j k l m n ñ o p q r s t u v w x y z

piscina SUSTANTIVO

Una piscina es un lugar lleno de agua donde las personas se bañan y nadan para refrescarse, divertirse o hacer deporte. *Han instalado un nuevo trampolín en la piscina.*

piso SUSTANTIVO

1. Los pisos de un edificio son las plantas o alturas que tiene. *Yo vivo en una casa de cinco pisos.*
2. Y también cada una de las viviendas que hay en cada planta. *Este piso tiene una cocina pequeña y un salón muy grande.*

pizarra SUSTANTIVO

Una pizarra es una superficie lisa que utilizamos para escribir. *En las pizarras escribimos con tiza o con un rotulador especial.*

planchar VERBO

Planchar es dejar lisa la ropa que estaba arrugada, pasando una plancha por encima de ella. *Este jersey no se plancha porque es delicado.*

planeta SUSTANTIVO

Los planetas son cuerpos que giran alrededor del sol y que no tienen luz propia. *La Tierra es el planeta en el que vivimos.*

planta SUSTANTIVO

1. Una planta es un vegetal que crece en la tierra. *Un árbol es una planta grande, el trébol es una planta pequeña.*
2. Una planta es también cada una de las alturas o pisos de una casa. *Esta casa no tiene ascensor porque solo tiene dos plantas.*

plastilina SUSTANTIVO

La plastilina es una pasta blanda de diferentes colores que sirve para modelar figuras. *Con mi plastilina, voy a hacer flores de colores.*

plata SUSTANTIVO

La plata es un metal de color blanco que se usa para hacer joyas y otros objetos. *Me han regalado unos pendientes de plata con forma de estrella.*

En Hispanoamérica se llama plata al dinero.

plato SUSTANTIVO

Un plato es un recipiente casi plano en el que se pone la comida. *Los platos de postre son más pequeños que los platos llanos y hondos.*

playa SUSTANTIVO

La playa es un lugar llano y con arena que está a la orilla del mar. *Cuando baja la marea, hacemos castillos de arena en la playa.*

pluma SUSTANTIVO

1. Las plumas cubren el cuerpo de las aves. *Las plumas protegen y calientan el cuerpo de las aves.*

2. También se llama pluma un instrumento que sirve para escribir, parecido al bolígrafo, con un depósito de tinta y una punta especial. *El escritor firma sus libros con una pluma de oro.*

pobre ADJETIVO

Alguien pobre es quien no tiene lo necesario para vivir. *Los países pobres necesitan la ayuda de los países ricos.*

poco, poca ADJETIVO

Poco significa en pequeña cantidad. *Esta harina es poca para hacer los pasteles.*

poder VERBO

1. Poder es ser capaz de algo. *Ya puedo caminar sin muletas.*

2. Poder es también tener permiso para hacer algo. *¿Puedo merendar en tu casa?*

poesía SUSTANTIVO

Una poesía es un texto escrito en verso que dice cosas bonitas utilizando palabras que rimen. *La poesía que has recitado es de Antonio Machado.*

policía SUSTANTIVO

Los policías son personas que se encargan de proteger a los demás y de que se respeten las leyes. *La policía llegó y detuvo al ladrón.*

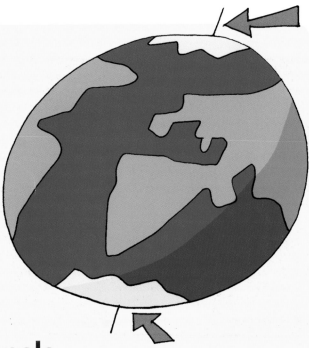

polo SUSTANTIVO

Los polos son los extremos de la Tierra. Hay dos, el Polo Norte y el Polo Sur, y en ellos hace mucho frío. *El Polo Sur está en el centro de un gran continente de hielo que se llama Antártida.*

polvo SUSTANTIVO

El polvo son granos muy pequeños que flotan en el aire y se posan sobre las cosas, ensuciándolas. *He pasado el plumero sobre los libros porque tenían mucho polvo.*

poner VERBO

1. Poner es colocar algo en un lugar. *Lidia puso el mantel en la mesa.*

2. Poner es también hacer que un aparato empiece a funcionar. *No pongas la radio, que estoy estudiando y me molesta.*

3. Y también es vestirse. *¿Qué pantalón me pongo hoy?*

4. Y soltar las aves sus huevos. *Esta gallina pone huevos muy grandes.*

prado SUSTANTIVO

Un prado es una extensión de tierra cubierta de hierba. *Las vacas pastan en el prado.*

precio SUSTANTIVO

Precio es lo que hay que pagar por una cosa si queremos comprarla. *El precio de esta linterna es 20 euros.*

preferir VERBO

Preferir es gustar más una persona o una cosa que otra. *Tú quieres jugar al parchís y yo prefiero el ajedrez.*

preguntar VERBO

Preguntar es dirigirnos a una persona para que nos diga algo que queremos saber o nos explique algo que no entendemos. *Pregunta al dependiente dónde está el pan tostado.*

presa SUSTANTIVO

1. Una presa es un animal que ha sido cazado. *Algunas serpientes se enrollan en el cuerpo de sus presas hasta que las asfixian.*

2. Una presa es también un muro que se construye para retener el agua de un río. *En este río van a construir una presa para almacenar agua y obtener electricidad.*

presentar VERBO

Presentar es poner a una persona delante de otra y decirle su nombre para que esta la conozca. *Me gustaría presentarte a mi amiga Valentina.*

presente SUSTANTIVO

El presente es el tiempo actual, el momento en que estamos. *En el futuro puede que alguien viva en la luna; en el presente no es posible.*

prestar VERBO

Prestar es dejar una cosa a alguien para que la utilice un tiempo y después la devuelva. *¿Puedes prestarme tu cantimplora para ir de excursión?*

primavera SUSTANTIVO

La primavera es la estación del año que va después del invierno. *En primavera, muchas personas padecen alergia al polen.*

principio SUSTANTIVO

El principio es el lugar o el momento en que algo comienza. *Al principio, la película es un poco aburrida.*

prisa SUSTANTIVO

La prisa es la obligación de hacer las cosas rápidamente. *Tengo que darme prisa si no quiero llegar tarde al colegio.*

prismáticos SUSTANTIVO

Los prismáticos son un objeto que sirve para ver más cerca y con los dos ojos las cosas que están lejos. *Con los prismáticos pudimos ver un nido de águila entre las rocas.*

probar VERBO

1. Probar es usar o examinar una cosa para saber si está bien. *¿Puedo probar el coche para ver cómo funciona?*

2. Probar es también tomar un poco de una comida o una bebida para saber si nos gusta. *Si no pruebas el puré, no sabrás si está rico.*

3. Probarse es ponerse una prenda para saber si nos queda bien. *Si quiere probarse estos vestidos, pase al probador.*

problema SUSTANTIVO

1. Un problema es una situación difícil que hay que superar. *Tenemos un problema: no queda gasolina.*

2. También es un ejercicio de matemáticas. *El problema dice así: una hora tiene 60 minutos, ¿cuántos minutos tendrán dos horas y media?*

profesión SUSTANTIVO

Las profesiones son los trabajos a los que se dedican las personas. *¿Cuál de estas profesiones te gustaría ejercer?*

medicina

conducción

pintura

arquitectura

enseñanza

informática

149

profesor, profesora

SUSTANTIVO

Los profesores son las personas que se dedican a enseñarnos las cosas que debemos aprender. *Sé decir los números en francés porque me ha enseñado mi profesor.*

prohibir VERBO

Prohibir es no dar permiso para hacer algo. *En este cruce está prohibido girar a la derecha.*

prometer VERBO

Prometer es asegurar que se va a hacer algo. *Mis padres prometieron que me acompañarían el día del estreno.*

pronto ADVERBIO

1. Pronto es antes de tiempo. *He llegado demasiado pronto; aún no han abierto las puertas.*

2. Pronto también es dentro de poco tiempo. *Emma será muy pronto tan alta como su padre.*

3. Y también, a primera hora del día o de la noche. *Hoy me acostaré pronto porque tengo mucho sueño.*

publicidad SUSTANTIVO

La publicidad son los diversos medios: carteles, anuncios en revistas, radio o televisión, etc., que se utilizan para dar a conocer un producto. *En la tele hay mucha publicidad de coches.*

pueblo SUSTANTIVO

Un pueblo es un lugar donde vive menos gente que en la ciudad, con casas más pequeñas, menos coches y menos ruido. *Muchas personas que viven en los pueblos se dedican a la agricultura y la pesca.*

puente SUSTANTIVO

Un puente es una construcción sobre un río, sobre una carretera, etc., para pasar de un lado a otro. *Los romanos construían puentes de piedra.*

puerto SUSTANTIVO

1. El puerto es el lugar de la costa donde paran los barcos para cargar y descargar mercancías, o para que suban y bajen los pasajeros. *Todos los barcos están amarrados en el puerto porque hay fuertes vientos.*

2. Un puerto es también una carretera o un camino que atraviesa una montaña. *Los ciclistas tardaron dos horas en atravesar el puerto.*

punta SUSTANTIVO

1. Una punta es el extremo de una cosa. *Hace mucho frío y se me han dormido las puntas de los dedos.*

2. El extremo afilado de un objeto también se llama punta. *Se me ha roto la punta del lápiz.*

punto SUSTANTIVO

1. El punto es un signo que se escribe cuando se acaba una oración. *Después del punto, siempre escribimos letra mayúscula.*

2. Puntos son también las calificaciones que nos ponen en un examen o los tantos que obtenemos en un concurso o en un juego. *En este examen solo he sacado siete puntos.*

3. Los puntos cardinales son las cuatro direcciones que marca la brújula: Norte, Sur, Este y Oeste. *Los puntos cardinales nos ayudan a orientarnos.*

puro, pura ADJETIVO

Algo puro es lo que no está sucio ni contaminado. *Me gusta respirar el aire puro de la montaña.*

quedar VERBO

1. *Quedar* significa que aún hay parte de algo. *Todavía me quedan tres páginas para acabar de leer el libro.*

2. Quedar es concertar una cita con otras personas. *Quedamos a las cinco en la puerta del cine.*

3. Quedarse es permanecer en un lugar. *Me gusta mucho esta ciudad y voy a quedarme aquí unos días.*

quejarse VERBO

1. Quejarse es mostrar alguien el dolor o la pena que siente con palabras o con sonidos. *Si me quejo es porque me duelen los oídos.*

2. Quejarse es decir que estamos disgustados o enfadados por algo o con alguien. *El profesor se queja de que no prestamos atención.*

quemadura SUSTANTIVO

Una quemadura es una herida que nos hacemos con el fuego o con algo demasiado caliente. *Me he hecho una quemadura por tocar la plancha caliente.*

quemar VERBO

1. Quemar es prender fuego a una cosa o calentarla demasiado. *Esta tortilla está un poco quemada.*

2. Quemar es también hacer daño el fuego o algo muy caliente. *Sopla el puré porque quema.*

querer VERBO

1. Querer es tener cariño a una persona o a una cosa. *Yo quiero mucho a mis abuelos.*

2. Querer es también desear algo. *Liz quiere una casa de muñecas.*

queso SUSTANTIVO

El queso es un alimento hecho con leche de vaca, oveja o cabra. *Hoy pediremos una pizza cuatro quesos.*

quieto, quieta ADJETIVO

Algo o alguien está quieto cuando no se mueve. *Mientras me sacaban la muela tuve que estar muy quieto.*

quiosco SUSTANTIVO

Un quiosco es un lugar donde se venden periódicos, revistas… y también golosinas y dulces. *Tengo 20 céntimos para comprar cromos en el quiosco.*

quirófano SUSTANTIVO

El quirófano es una sala del hospital en la que los cirujanos realizan las operaciones. *Los quirófanos tienen que estar muy limpios para evitar infecciones.*

quitar VERBO

1. Quitar es dejar a alguien sin algo que tenía. *Mamá, Julio me quiere quitar mis recortables.*

2. Quitar es también eliminar. *Este jarabe quita la tos.*

3. Quitar es apartar una cosa a otro sitio. *Quita esa araña de ahí.*

4. Y despojarnos de la ropa que tenemos puesta. *Quítate la bufanda y cuélgala en la percha.*

rabieta SUSTANTIVO

Una rabieta es un enfado, un berrinche provocado por algo poco importante y que suele durar poco tiempo. *Carlota cogió una rabieta porque no la llevaron al parque.*

rabo SUSTANTIVO

1. El rabo es la cola de muchos animales. *La vaca espanta las moscas con el rabo.*

2. También se llama rabo a la ramita que sujeta la hoja, la flor o el fruto de las plantas. *¿Puedes quitar el rabo de la manzana?*

radio SUSTANTIVO

La radio es un aparato que sirve para escuchar música, noticias, deportes, etc. *Todos los domingos escucho los partidos de fútbol por la radio.*

raíz SUSTANTIVO

La raíz es la parte de las plantas que está bajo tierra. Las plantas se alimentan por la raíz. *El plural de raíz es raíces.*

rama SUSTANTIVO

Las ramas son la parte de los árboles donde crecen las hojas, las flores y los frutos. *El mono saltó entre las ramas de los árboles.*

ramo SUSTANTIVO

Un ramo es un conjunto de flores, ramas o hierbas cortadas y unidas. *La novia llevaba un ramo de rosas blancas.*

rana SUSTANTIVO

La rana es un animal de color verde, ojos saltones y patas traseras muy fuertes que le ayudan a saltar y a nadar mejor y que vive en las charcas y en los ríos. *Las ranas se alimentan de insectos.*

rápido, rápida ADJETIVO

Rápido significa que se mueve muy deprisa. *El guepardo es un animal muy rápido.*

raqueta SUSTANTIVO

Una raqueta es un utensilio que se usa para jugar al tenis y a otros deportes, formado por un mango y una parte ovalada con cuerdas muy tensas. *Cuando perdió el partido, el tenista tiró su raqueta al suelo.*

raro, rara ADJETIVO

Algo es raro cuando se sale de lo normal o cuando es poco abundante. *Es raro que Maxi llegue tarde porque siempre es muy puntual.*

rascacielos SUSTANTIVO

Un rascacielos es un edificio muy alto que tiene muchos pisos. *En las grandes ciudades hay rascacielos.*

rascar VERBO

Rascar es frotar algo, normalmente con las uñas. *El perro se rasca porque tiene pulgas.*

a
b
c
d
e
f
g
h
i
j
k
l
m
n
ñ
o
p
q
r
s
t
u
v
w
x
y
z

ratón SUSTANTIVO

1. El ratón es un animal pequeño, de pelo gris y cola larga. Algunos viven en las ciudades y otros en el campo. *Mi vecino ha puesto una trampa para cazar un ratón que ha entrado en su casa.*

2. También se llama ratón a un aparato pequeño que se conecta al ordenador y que sirve para moverse por la pantalla. *Para empezar a jugar, tienes que hacer clic dos veces con el ratón.*

raya SUSTANTIVO

Una raya es una marca larga y estrecha que se pinta o que está en algún sitio. *Están pintando rayas blancas para señalar un paso de cebra.*

rayo SUSTANTIVO

1. Un rayo es una chispa eléctrica muy fuerte que se produce cuando hay tormenta. *Si hay rayos, es preciso alejarse de los árboles.*

2. También son rayos las líneas de luz que salen de un cuerpo luminoso. *Me pongo gafas oscuras para proteger mis ojos de los rayos del sol.*

raza SUSTANTIVO

Cada uno de los grupos en que se dividen las personas por su aspecto y el color de su piel. *En el mundo viven personas de razas diferentes.*

rebaño SUSTANTIVO

Un rebaño es un conjunto de animales de la misma clase, sobre todo ovejas, cabras o vacas. *Dos grandes perros cuidaban el rebaño.*

receta SUSTANTIVO

1. Una receta es un papel donde el médico escribe los medicamentos que un enfermo debe tomar. *No entiendo lo que el médico escribe en esta receta.*

2. También es una receta la explicación paso a paso de cómo y con qué se elabora una comida. *¿Sabes la receta del tiramisú?*

recibir VERBO

Recibir es llegarle a alguien algo que se le envía o se le da. *¿Cuándo recibiré la carta que me has enviado?*

reciclar VERBO

Reciclar es hacer que algo ya usado pueda volver a ser utilizado. *En mi calle hay contenedores para reciclar papel, envases y cristal.*

recitar VERBO

Recitar es decir algo, sobre todo poemas, en voz alta y con una entonación diferente a la que utilizamos normalmente. *Recitaré un poema de Rubén Darío.*

Margarita, está linda la mar,
y el viento
lleva esencia sutil de azahar,
yo siento
en el alma una alondra cantar:
tu acento.

recoger VERBO

1. Recoger es guardar una cosa en su sitio después de utilizarla. *Si has acabado de recortar, recoge las tijeras.*

2. Recoger es también levantar una cosa que se ha caído. *Se me ha caído el guante, ¿puedes recogerlo?*

3. Y dar cobijo a personas o animales que necesitan protección. *La Asociación Amigos del Perro recoge perros abandonados.*

reconocer VERBO

Reconocer es identificar a alguien que conoces cuando lo ves. *Estás tan cambiado que no te reconozco.*

recordar VERBO

1. Recordar es tener algo en la memoria. *¿Recuerdas el día que fuimos al campo en el tren?*

2. Y también decir algo a una persona para que no se le olvide. *Recuerda que tienes que dar la comida a los peces.*

rectángulo SUSTANTIVO

Un rectángulo es una figura de cuatro lados, dos más largos y dos más cortos. *La pizarra de la clase es un rectángulo.*

recto, recta ADJETIVO

Una cosa es recta si no se tuerce ni tiene curvas. *Caperucita no va a casa de su abuela por el camino recto.*

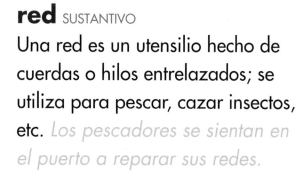

red SUSTANTIVO

Una red es un utensilio hecho de cuerdas o hilos entrelazados; se utiliza para pescar, cazar insectos, etc. *Los pescadores se sientan en el puerto a reparar sus redes.*

redondo, redonda ADJETIVO

Una cosa es redonda cuando tiene forma de círculo o de esfera. *La Tierra no es totalmente redonda.*

refresco SUSTANTIVO

Un refresco es una bebida que se toma fría. *¿Puedo tomar un refresco de naranja?*

regalo SUSTANTIVO

Un regalo es una cosa que damos a alguien para mostrarle nuestro cariño o simpatía o porque queremos celebrar algo con él. *Lidia está feliz con todos sus regalos.*

regar VERBO

Regar es echar agua a las plantas o a los sembrados para que crezcan. *Para regar el campo de golf utilizan un sistema de aspersión.*

regla SUSTANTIVO

1. Una regla es un instrumento con forma alargada y plana que sirve para medir y para hacer líneas rectas. *Mi regla mide 20 cm.*

2. Las reglas son también lo que nos dice lo que se puede hacer y cómo se debe hacer. *No puedes desobedecer las reglas del juego.*

reír VERBO

Reír es hacer gestos y sonidos para demostrar que estamos alegres o que algo nos ha hecho gracia. *Todos nos reímos cuando nos cuentan un chiste divertido.*

reja SUSTANTIVO

Las rejas son barras de hierro que se ponen delante de las ventanas, puertas, etc., para impedir la entrada o la salida. *Los balcones tienen rejas para que nadie pueda caerse.*

reloj SUSTANTIVO

Un reloj es un aparato que marca el tiempo con una aguja más pequeña que indica las horas y una aguja grande que indica los minutos. *¿Qué hora marca el reloj cuando la aguja pequeña está en el 7 y la aguja grande en el 3?*

remo SUSTANTIVO

Un remo es un instrumento de madera que sirve para mover una barca, un bote, etc. haciendo fuerza con él en el agua. *Se me cayó un remo al lago y no podía mover la barca.*

repetir VERBO

Repetir es volver a hacer o volver a decir una cosa. *El loro repetía una y otra vez: "Lorito bonito".*

Lorito bonito, lorito bonito

reptil ADJETIVO

Un reptil es un animal que camina arrastrándose por la tierra porque no tiene patas o las tiene muy cortas. *La serpiente, el lagarto y el cocodrilo son reptiles.*

cocodrilo

camaleón

lagarto

serpiente

tortuga

resbalar VERBO

Resbalar es deslizarnos por un lugar, llegando incluso a perder el equilibrio y caernos. *El suelo está mojado y me he resbalado.*

resistente ADJETIVO

Una cosa es resistente cuando es difícil de romper o de deteriorar. *El granito es un material muy resistente.*

respetar VERBO

1. Respetar a una persona es tratarla de forma educada. *Tenemos que respetar a nuestros profesores.*

2. Respetar una cosa es tratarla con esmero y cuidado. *Si respetamos los jardines, la ciudad será más bonita.*

3. Respetar es también obedecer o cumplir las normas, las leyes, las reglas del juego, etc. *Si no respetas las reglas no puedes jugar.*

respirar VERBO

Respirar es tomar aire por la nariz o por la boca y después expulsarlo. *Cuando respiramos, nuestros pulmones se llenan de aire.*

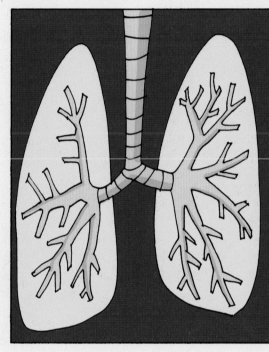

responder VERBO

Responder es contestar a una pregunta, a una llamada o a alguien que nos dice algo. *Al entrar en clase dije: "Buenos días", y nadie respondió.*

restaurante SUSTANTIVO

Un restaurante es un lugar donde sirven comidas, que se consumen allí y por las que después hay que pagar. *En el restaurante nuevo comimos verduras a la plancha.*

resultado SUSTANTIVO

1. El resultado es la solución de un problema o de una operación matemática. *El resultado de la suma 23 + 10 es 33.*

2. El resultado es también el marcador final de un partido. *¿Sabes el resultado del partido entre el Racing y el Boca?*

retrato SUSTANTIVO

Un retrato es la fotografía, dibujo o pintura de la cara de una persona. *Esta fotografía es un retrato.*

rey, reina SUSTANTIVO

El rey o la reina son las personas que mandan en algunos países. *Los países donde mandan los reyes se llaman monarquías.*

rico, rica ADJETIVO

1. Una persona rica es la que tiene mucho dinero. *Como es muy rico, se ha comprado un yate muy lujoso.*

2. Una cosa está rica cuando sabe muy bien. *Mi abuela hace unas pastas de queso muy ricas.*

rinoceronte SUSTANTIVO

El rinoceronte es un animal muy grande y fuerte, que tiene uno o dos cuernos en el hocico. Vive en África y en Asia. *Los rinocerontes no ven muy bien, por eso utilizan el oído y el olfato para saber si sus enemigos están cerca.*

río SUSTANTIVO

Un río es una corriente de agua que nace en la montaña y que va a parar al mar o a otro río mayor.

¿Sabes que los últimos estudios han demostrado que el río más largo de la Tierra es el río Amazonas, en América?

robot SUSTANTIVO

Un robot es una máquina que hace tareas y trabajos de forma automática. *Esta película trata de robots que parecen personas.*

roca SUSTANTIVO

Las rocas son piedras grandes. *El volcán ha entrado en erupción y expulsa lava y rocas.*

rodar VERBO

Rodar es dar algo vueltas sobre sí mismo. *El árbitro pita y el balón comienza a rodar.*

rodilla SUSTANTIVO

La rodilla es la parte de la pierna por donde se dobla. *Las bermudas llegan hasta la rodilla.*

romper VERBO

Romper es partir una cosa en trozos o estropearla. *Los niños rompieron el cristal con el balón.*

ropa SUSTANTIVO

La ropa son las prendas con las que nos vestimos. *Voy a tender la ropa para que se seque.*

rotulador SUSTANTIVO

Un rotulador es una especie de bolígrafo, pero con la punta más gruesa, que sirve para escribir, dibujar, pintar, etc. *Lara tiene tres rotuladores de colores brillantes.*

rubio, rubia ADJETIVO

Una persona rubia es la que tiene el pelo de color dorado o parecido al amarillo. *Andrés es rubio.*

rueda SUSTANTIVO

Una rueda es una pieza redonda que gira y, al girar, hace que se mueva un vehículo o una máquina. *Los coches tienen cuatro ruedas, los triciclos, tres y las bicicletas, solo dos.*

coche

bicicleta

triciclo

ruido SUSTANTIVO

El ruido es un sonido desagradable. *La excavadora hace mucho ruido.*

ruina SUSTANTIVO

1. Una ruina es quedarse sin dinero. *Ha gastado mucho dinero y se ha quedado en la ruina.*

2. Una ruina es también una cosa, especialmente un edificio, que está en muy mal estado. *Esta casa es una ruina.*

3. Las ruinas son los restos de construcciones que existieron hace mucho tiempo. *Estas ruinas pertenecen a un teatro de la época de los romanos.*

S

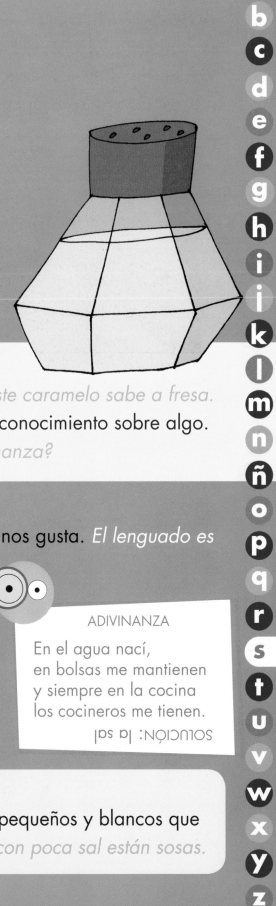

saber VERBO

1. Saber es tener sabor. *Este caramelo sabe a fresa.*

2. Saber es también tener conocimiento sobre algo. *¿Sabes resolver esta adivinanza?*

sabroso, sabrosa ADJETIVO

Algo que tomamos es sabroso si tiene un sabor que nos gusta. *El lenguado es un pescado muy sabroso*

sacar VERBO

1. Sacar es poner algo fuera de donde estaba. *Bruno sacó la raqueta para empezar el partido.*

2. Sacar es también conseguir algo. *Mi hija saca buenas notas en Lengua*

ADIVINANZA

En el agua nací,
en bolsas me mantienen
y siempre en la cocina
los cocineros me tienen.

SOLUCIÓN: la sal

sal SUSTANTIVO

La sal es una sustancia mineral en forma de granos pequeños y blancos que se usa para condimentar las comidas. *Las comidas con poca sal están sosas.*

salado, salada ADJETIVO

Un alimento está salado cuando tiene mucha sal. *Me gustan mucho los cacahuetes salados.*

salida SUSTANTIVO

1. La salida es el lugar por el que se sale. *La puerta de salida está al final del pasillo.*

2. La salida es también el lugar donde se colocan los corredores para comenzar una carrera. *Todas las motos están ya en la línea de salida.*

salir VERBO

1. Salir es ir de dentro afuera. *Después de la ceremonia, los invitados salieron al jardín.*

2. Salir es también partir desde un lugar. *El tren está a punto de salir.*

3. Y aparecer, brotar. *A Marina ya le están saliendo los dientes.*

saliva SUSTANTIVO

La saliva es el líquido que tenemos en la boca. *Con la saliva ablandamos la comida para tragarla mejor.*

saltar VERBO

Saltar es levantarse del suelo dando un impulso con las piernas. *El canguro utiliza sus patas traseras para saltar.*

salud SUSTANTIVO

La salud es cómo está y cómo funciona nuestro cuerpo. *Víctor tiene muy buena salud porque come fruta y verdura y hace deporte.*

saludar VERBO

Saludar es decir alguna palabra amable o hacer algún gesto cuando nos encontramos con alguien. *Claudio y Celia se saludan de forma cariñosa porque hace tiempo que no se ven.*

salvaje ADJETIVO

Salvaje quiere decir que vive libremente en la naturaleza, sin estar al cuidado del hombre. *El león y el zorro son animales salvajes.*

sangrar VERBO

Sangrar es echar sangre. *Me he puesto una tirita porque me sangra la herida.*

sangre SUSTANTIVO

La sangre es un líquido rojo que circula por nuestro cuerpo. *Algunas personas dan un poco de su sangre para curar a los enfermos.*

sano, sana ADJETIVO

1. Una persona o un animal están sanos cuando tienen buena salud, cuando no están enfermos. *Carla es una niña muy sana.*

2. Una cosa es sana cuando es buena para nuestra salud. *El agua es la bebida más sana.*

sapo SUSTANTIVO

El sapo es un animal parecido a la rana, pero más grande y con la piel llena de verrugas. *Las ranas, los sapos, los tritones y las salamandras son anfibios.*

sardina SUSTANTIVO

La sardina es un pez de mar con el cuerpo alargado y plateado que se come fresco o también en conserva. *Las sardinas viven en grupos formando grandes bancos.*

secar VERBO

Secar es quitar el agua de una cosa. *Después de lavarme el pelo, me lo seco con el secador.*

seco, seca ADJETIVO

Una cosa está seca si no tiene nada de agua, ni de otro líquido. *La ropa que tendí por la tarde ya está seca.*

secreto SUSTANTIVO

Un secreto es algo que sabemos pero que no podemos contar a nadie. *¿Sabes guardar un secreto?*

sed SUSTANTIVO

La sed es la necesidad o las ganas de beber. *Tengo sed; ¿puedes darme un vaso de agua?*

segundo, segunda ADJETIVO

1. El segundo es el que está después del primero. *En la fila, yo soy el primero y tú, el segundo.*

2. SUSTANTIVO Un segundo es cada una de las sesenta partes en que se divide un minuto. *Tienes que esperar unos segundos para que el termómetro marque la temperatura.*

seguro, segura ADJETIVO

1. Una cosa es segura cuando no tiene ningún riesgo o no hay nada que la haga peligrar. *Las joyas están seguras en la caja fuerte.*

2. Una persona está segura cuando no tiene ninguna duda. *Estoy segura de que he visto a Inés en el cine.*

sello SUSTANTIVO Un sello es un trozo pequeño de papel con un dibujo, que se pega en las cartas para enviarlas por correo. *Ya he escrito la dirección y he pegado el sello en el sobre.*

selva SUSTANTIVO

La selva es un bosque con mucha vegetación y árboles muy grandes en el que viven animales salvajes. *Los árboles de la selva son muy frondosos.*

semáforo SUSTANTIVO

Un semáforo es un aparato con luces que hay en las calles para señalar cuándo pueden pasar los coches y cuándo los peatones. *Solo podemos cruzar la calle cuando el muñequito del semáforo está de color verde; si está de color rojo, no podemos pasar.*

semana SUSTANTIVO

Una semana son siete días. Los días de la semana son: lunes, martes, miércoles, jueves, viernes, sábado y domingo. Un año tiene 52 semanas. *Dentro de una semana nos dan las vacaciones.*

sembrar VERBO

Sembrar es esparcir las semillas en la tierra. De esas semillas nacerán después las plantas. *En estos surcos voy a sembrar tomates.*

semilla SUSTANTIVO

La semilla es la parte del fruto de la planta que se entierra para que crezcan nuevas plantas. *Los pájaros se han comido las semillas.*

sencillo, sencilla ADJETIVO

Algo sencillo es algo fácil de hacer. *Coser este botón ha sido bastante sencillo.*

sentarse VERBO

Sentarse es colocarse en un asiento. *A Laura le gusta sentarse en las rodillas de su abuelo.*

sentir VERBO

1. Sentir es notar algo en nuestro cuerpo o en nuestra mente. Se puede sentir alegría, pena, frío, hambre, sed, etc. *Siento mucho frío en los pies.*

2. Sentir es también arrepentirse o disculparse por algo. *Siento haber sido tan desobediente.*

señal SUSTANTIVO

1. Una señal es una marca que se pone para distinguir una cosa o a una persona. *He hecho una señal en tu cuaderno para que no lo confundas con el de otro niño.*

2. Una señal es también un objeto, una luz, un gesto, etc. que sirve para indicar algo. *La sirena de la ambulancia es una señal que indica que hay una emergencia.*

señor, señora SUSTANTIVO

Los señores y las señoras son personas adultas. *La señora que vive en el piso de abajo se llama Beatriz.*

separar VERBO

Separar es hacer que dos o más personas o cosas dejen de estar juntas. *Separa las tizas blancas de las de colores.*

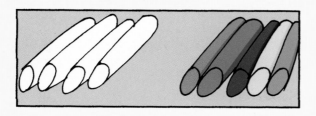

servilleta SUSTANTIVO

Una servilleta es una tela o un papel que utilizamos para limpiarnos la boca y las manos cuando comemos. *Me he manchado con el chocolate y me limpio con la servilleta.*

servir VERBO

1. Servir es ser útil o valer para algo. *¿Para qué sirve el taladro?*
2. Servir es también poner en el plato o en el vaso la comida o la bebida. *No me sirvas tanta sopa.*

seta SUSTANTIVO

Una seta es una planta pequeña con forma de sombrilla. Algunas se pueden comer pero otras son venenosas.
¿Sabes que, según algunos cuentos, los duendes del bosque viven en las setas?

siempre ADVERBIO

Siempre significa todo el tiempo, en todas las situaciones. *Dora siempre va al trabajo en moto.*

siglo SUSTANTIVO

Un siglo son cien años. *Estamos en el siglo XXI.*

signo SUSTANTIVO

1. Los signos son gestos que se hacen para indicar algo. *Las personas que no pueden hablar se comunican con signos.*
2. También son signos todo lo que escribimos que no son números ni letras. *Los signos de interrogación son ¿ ?.*

silbar VERBO

Silbar es soltar aire por entre los labios para producir un sonido especial, y también soplar un silbato. *Si silbo una canción, ¿sabrás cuál es?*

silencio SUSTANTIVO

El silencio existe cuando no hay ningún ruido ni ningún sonido. *En los hospitales hay que guardar silencio para no molestar a los enfermos.*

silla SUSTANTIVO

Una silla es un asiento para una persona. Las sillas tienen cuatro patas y respaldo. *En el comedor hay una mesa y cuatro sillas.*

simpático, simpática ADJETIVO

Una persona nos parece simpática si es agradable, divertida y nos sentimos a gusto con ella. *Lo paso bien en la clase de teatro porque el profesor es muy simpático.*

sirena SUSTANTIVO

Según las leyendas y los cuentos, una sirena es una mujer con cola de pez. *Las sirenas atraen a los navegantes con su dulce canto para hacerlos naufragar.*

sobre SUSTANTIVO

Un sobre es un papel doblado y pegado en el que se meten las cartas para enviarlas y también otros papeles. *Guardo mis fotografías en este sobre.*

sofá SUSTANTIVO

Un sofá es un asiento mullido con respaldo y brazos en el que pueden sentarse dos o más personas. *Siempre nos sentamos en el sofá para ver la televisión.*

a
b
c
d
e
f
g
h
i
j
k
l
m
n
ñ
o
p
q
r
s
t
u
v
w
x
y
z

sol SUSTANTIVO

El sol es la estrella que da luz y calor a la Tierra. *El sol sale por el Este y se oculta por el Oeste.*

sólido, sólida ADJETIVO

Un cuerpo sólido es el que tiene forma constante, no como los líquidos o los gaseosos, que cambian su forma. *Algunos líquidos, como el agua, se convierten en sólidos cuando se enfrían mucho.*

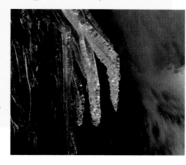

solo, sola ADJETIVO

Se está solo cuando no hay nadie más. *Cuando estoy solo me aburro porque no puedo hablar con nadie.*

solución SUSTANTIVO

1. La solución es lo que hace que un problema o una duda desaparezca. *Este jarabe es la mejor solución para tu tos.*

2. La solución es también el resultado de operaciones matemáticas, pasatiempos, etc. *La solución del crucigrama está en la última página.*

sombra SUSTANTIVO

Una sombra es una figura oscura que las personas y cosas reflejan cuando les ilumina la luz del sol u otra luz. *Con la sombra de mi mano formo la figura de un perro.*

sombrero SUSTANTIVO

Un sombrero es una prenda que se pone en la cabeza, como complemento o para protegernos del frío o del sol.

¿Por qué escondes tus ojos,
soles con luz de mañana,
debajo de ese **sombrero**,
antifaz de ala ancha?
Un trazo de sombra
pinta tu cara morena.
Pero a mí me gusta verte
blanca y redonda,
como luna llena.

Carmen Gutiérrez

sonámbulo, sonámbula

ADJETIVO

Una persona sonámbula es la que camina y habla dormida. *Noelia es sonámbula y algunas noches se levanta de su cama mientras duerme.*

sonar VERBO

1. Sonar es hacer un sonido o ruido. *Este piano suena desafinado.*
2. Sonar es también echar el aire por la nariz con fuerza para que salgan los mocos. *Me sueno la nariz en el pañuelo.*

sonido SUSTANTIVO

Sonido es todo lo que percibimos con el oído. *El sonido que menos me gusta es el de mi despertador.*

sonreír VERBO

Sonreír es reír un poco y sin ruido. *Cuando estamos alegres sonreímos.*

soñar VERBO

Soñar es imaginar cosas mientras dormimos. *Cuando sueño con historias bonitas me despierto más contento.*

soplar VERBO

Soplar es echar aire por la boca con fuerza juntando los labios y dejando un pequeño hueco en el medio. *Tengo que soplar mis siete velas de cumpleaños.*

sordo, sorda ADJETIVO

Una persona sorda es la que no oye o no oye bien. *Algunas personas sordas se ponen un aparato en la oreja para poder oír.*

sorpresa SUSTANTIVO

Una sorpresa es algo que no esperábamos. *Cuando abrí la puerta y te vi, me llevé una gran sorpresa.*

suave ADJETIVO

Algo suave es algo que nos gusta tocar porque no es áspero, ni pica. *Mi osito de peluche es muy suave.*

subir VERBO

1. Subir es ir una persona a un lugar más alto o llevar algo a un lugar más alto. *Yago subió al avión y nos dijo adiós desde lo alto de la escalerilla.*

2. Subir es también montar en un vehículo. *Sube al coche.*

3. Y también aumentar algo o hacerse más intenso. *El precio del pan subió tres céntimos.*

submarino SUSTANTIVO

Un submarino es un barco que navega por debajo del agua.

¿Sabes que en los **submarinos** hay unos tanques especiales que se llenan de agua para que pese más y así poder sumergirse?

sucio, sucia ADJETIVO

Algo está sucio cuando tiene manchas, polvo, grasa… *Luz ha jugado con la arena y tiene las manos sucias.*

sudar VERBO

Sudar es expulsar sudor, que es un líquido claro y de olor fuerte que sale por la piel cuando hace calor o cuando hacemos ejercicio. *He llegado a casa sudando porque he venido corriendo.*

suegro, suegra SUSTANTIVO

Los suegros de alguien son los padres de la persona con la que está casado. *Los suegros de mis padres son mis abuelos.*

suelo SUSTANTIVO

El suelo es la superficie sobre la que andamos. *El suelo de mi casa es de madera.*

sueño SUSTANTIVO

1. Tener sueño es tener ganas de dormir. *Patricia tiene mucho sueño y se va a dormir.*

2. Los sueños son las historias que soñamos. *En mi sueño, mi ciudad era un país fantástico poblado de extraños personajes.*

suma SUSTANTIVO

Una suma es una operación de matemáticas en la que a una cantidad le añadimos otra u otras. *20 + 7 es una suma y su resultado es 27.*

$$\begin{array}{r} 20 \\ +7 \\ \hline 27 \end{array}$$

supermercado SUSTANTIVO

Un supermercado es una tienda muy grande donde se venden alimentos, productos de perfumería y limpieza, bebidas…; el comprador mete en un carro o cesta los productos que necesita y los paga en una caja a la salida. *Cuando vamos al supermercado, llevamos una lista para que no se nos olvide comprar nada.*

suprimir VERBO

Suprimir es quitar algo, hacer que desaparezca. *En este ejercicio hay que suprimir las palabras que están mal escritas.*

Sur SUSTANTIVO

El Sur es uno de los cuatro puntos cardinales. *Si miramos al Norte, el Sur está a nuestra espalda.*

surgir VERBO

1. Surgir es empezar a ocurrir, a verse o a notarse algo de modo inesperado. *La discusión surgió porque los dos niños querían jugar en la posición de delantero.*

2. Surgir es también, si hablamos de agua u otros líquidos, brotar, salir hacia arriba. *Un géiser es un chorro de agua que surge de la tierra con fuerza.*

suspender VERBO

1. Suspender es dejar de hacer algo durante cierto tiempo. *El árbitro suspendió el partido por la lluvia.*

2. Suspender es no sacar suficiente nota para aprobar un examen o una asignatura. *Si suspendo el examen no me llevarán al cine el sábado.*

susto SUSTANTIVO

Un susto es el miedo repentino que se siente ante algo que no se espera. *David se escondió detrás de la puerta para dar un susto a Carolina.*

tachar VERBO

Tachar es poner una raya encima de una palabra para taparla o para indicar que no vale. *He tachado los resultados incorrectos.*

tacto SUSTANTIVO

El tacto es uno de los cinco sentidos y es el que nos permite saber cómo son las cosas tocándolas. *Las personas ciegas identifican las cosas por el tacto.*

talla SUSTANTIVO

1. La talla es la estatura de una persona, es decir, lo que mide. *Esther mide un metro sesenta de talla.*

2. La talla es también cada uno de los diferentes tamaños que pueden tener las prendas de vestir. *La talla de seis años me queda pequeña.*

tamaño SUSTANTIVO

El tamaño es lo que nos indica si algo es grande o pequeño. *Coloca los libros en la estantería según su tamaño.*

177

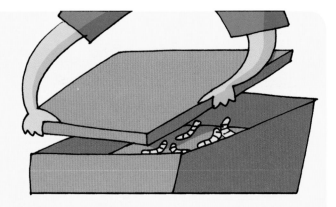

tapa SUSTANTIVO

1. La tapa es una pieza plana con la que se cierra un objeto: una caja, una cazuela… *Pon la tapa a la caja para que no se escapen los gusanos.*

2. La tapa es también una ración pequeña de comida que se toma de aperitivo. *Con el refresco nos pusieron una tapa de jamón.*

tapar VERBO

1. Tapar es cubrir algo con una tapa o un tapón. *Tapa el tubo del pegamento para que no se seque.*

2. Tapar también es abrigarse con algo. *¿Quieres taparte con esta manta?*

tarde ADVERBIO

1. Tarde es después del momento adecuado o de la hora a la que se había quedado. *Si llegamos tarde molestamos a nuestros compañeros.*

2. SUSTANTIVO La tarde es el tiempo que pasa desde el mediodía hasta la noche. *Esta tarde veremos una exposición de juguetes antiguos.*

tarjeta SUSTANTIVO

1. Una tarjeta es una cartulina pequeña en la que se escribe algo. *En este fichero guardo las tarjetas con los datos de cada cliente.*

2. Una tarjeta es también una pieza de plástico que dan los bancos y algunas tiendas para pagar. *Las tarjetas que dan los bancos se llaman tarjetas de crédito.*

tarro SUSTANTIVO

Un tarro es un recipiente de cristal más alto que ancho. *¿Me puedes pasar el tarro de la mermelada?*

tarta SUSTANTIVO

Una tarta es un pastel grande, con una base de bizcocho, de hojaldre, etc. y con nata, chocolate, crema, frutas, frutos secos, etc. *Siempre celebramos mi cumpleaños con una tarta de galletas.*

taxi SUSTANTIVO

Un taxi es un coche con conductor que nos lleva a alguna parte si pagamos una cantidad de dinero. *Viajar en taxi es muy cómodo.*

taza SUSTANTIVO

Una taza es un recipiente pequeño con asa, que se utiliza para tomar alimentos líquidos. *En esta vitrina solo caben cuatro tazas, cuatro tazones y cuatro platos.*

tazón SUSTANTIVO

Un tazón es un recipiente mayor que la taza y sin asa, que se utiliza para beber líquidos. *Tomo mi desayuno en un tazón.*

té SUSTANTIVO

El té es una bebida que se hace hirviendo las hojas secas y tostadas de una planta que también se llama té. *El té frío es una bebida muy refrescante.*

teatro SUSTANTIVO

1. Teatro son obras con personajes y diálogos escritas para ser representadas en un escenario ante el público. *Federico García Lorca escribió varias obras de teatro.*

2. Un teatro es el lugar donde los actores representan estas obras. *Los griegos construían teatros sobre laderas empinadas.*

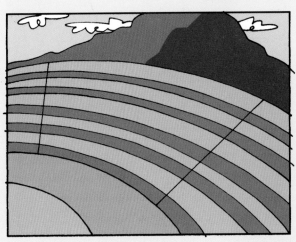

techo SUSTANTIVO

El techo es la parte de arriba de una habitación. *La lámpara cuelga del techo.*

a b c d e f g h i j k l m n ñ o p q r s t u v w x y z

tecla SUSTANTIVO

1. En el piano y otros instrumentos, las teclas son piezas que hay que presionar para emitir sonidos. *El piano tiene teclas blancas y teclas negras.*

2. En el teclado del ordenador, son las piezas que hay que presionar para escribir letras y signos. *Para escribir una letra mayúscula en el teclado hay que pulsar dos teclas.*

teclado SUSTANTIVO

El teclado es la parte de un ordenador o de un instrumento musical donde están las teclas. *Mi mesa tiene un soporte para colocar el teclado.*

tejado SUSTANTIVO

El tejado es la parte superior de un edificio, cubierta normalmente de tejas. *Desde mi ventana se ven los tejados de todas las casas.*

tela SUSTANTIVO

La tela es un material formado normalmente por hilos entrecruzados que se utiliza para hacer vestidos y otras prendas. *La modista marca la tela antes de cortar las piezas del pantalón.*

teléfono SUSTANTIVO

Un teléfono es un aparato que sirve para hablar con una persona que está lejos de nosotros. Hay teléfonos fijos, que están conectados con cables, y teléfonos móviles, sin cables, y que podemos llevar por la calle. *Mi teléfono móvil tiene radio y cámara de fotos.*

telescopio SUSTANTIVO

Un telescopio es un aparato con el que vemos más cerca las estrellas y los planetas. *Con mi telescopio veo los cráteres de la luna.*

televisión SUSTANTIVO

La televisión es un aparato en el que podemos ver muchos programas: películas, concursos, informativos, etc. *Me gusta ver los anuncios que ponen en la televisión.*

temblar VERBO

Temblar es moverse una cosa o mover el cuerpo sin querer con movimientos cortos y rápidos provocados por el frío, el miedo, etc. *Estoy temblando porque tengo mucho frío.*

¿Sabes que la Tierra también tiembla? Cuando esto ocurre se producen los terremotos.

temer VERBO

Temer es tener miedo a algo o a alguien. *Los superhéroes de las películas son muy valientes porque no temen a nadie.*

temperatura SUSTANTIVO

La temperatura es el calor o el frío que hace en un lugar y también el calor de nuestro cuerpo. *En verano la temperatura es más alta que en invierno.*

tenedor SUSTANTIVO

Un tenedor es un utensilio que sirve para pinchar los alimentos y llevarlos a la boca. *Sujetamos el filete con el tenedor para cortarlo mejor.*

tener VERBO

1. Tener es ser dueño de algo. *Tengo varios libros de aventuras.*

2. Tener es también ser parte de algo. *El chalé tiene pista de tenis.*

3. Indica cómo se siente alguien, qué le ocurre. *El bebé tiene hambre.*

4. Y también los años que tiene algo o alguien. *Mi coche solo tiene dos años.*

a b c d e f g h i j k l m n ñ o p q r s t u v w x y z

terminar VERBO

Terminar es acabar algo. *Cuando terminó, el concierto todos nos fuimos a casa.*

termómetro SUSTANTIVO

Un termómetro es un aparato que sirve para medir la temperatura de un lugar y también la temperatura de nuestro cuerpo. *Con el termómetro podemos saber si tenemos fiebre.*

terremoto SUSTANTIVO

Un terremoto es un temblor de tierra. *Cuando hay un terremoto, en el suelo se abren grandes grietas.*

tesoro SUSTANTIVO

Un tesoro son objetos muy valiosos escondidos en un lugar que nadie conoce. *En el fondo del mar hay barcos cargados de tesoros.*

tiburón SUSTANTIVO

El tiburón es un pez grande que vive en el mar. Tiene la boca en la parte de abajo de la cabeza y varias filas de dientes. *Algunos tiburones son peligrosos pero la mayoría son inofensivos.*

tiempo SUSTANTIVO

1. El tiempo son las horas, minutos y segundos que van pasando. *El reloj marca el paso del tiempo.*

2. El tiempo es también el clima, es decir, si hace calor o frío, si llueve, si hace viento… *En la televisión nos dicen el tiempo que va a hacer mañana.*

tienda SUSTANTIVO

1. Una tienda es un lugar donde se venden cosas. *Un hipermercado es una tienda muy grande.*

2. Una tienda de campaña es una casa pequeña de tela que se monta y se desmonta y que utilizamos para dormir en el campo. *En la tienda de campaña dormimos en los sacos de dormir.*

tierno, tierna ADJETIVO

1. Un alimento está tierno si está blando y fácil de cortar y de comer. *El pan de ayer no está tierno.*

2. *Tierno* también significa dulce, cariñoso, sensible. *Fidel se mostró muy tierno con Teté para consolarla.*

tierra SUSTANTIVO

1. La Tierra es el planeta en el que vivimos. *Parece que la Tierra es el único planeta en el que hay vida.*

2. También llamamos tierra a la parte de nuestro planeta que no está cubierta de agua. *Cuando la carabela de Colón estaba llegando a América, un marinero gritó: "Tierra a la vista".*

tigre, tigresa SUSTANTIVO

El tigre es un animal salvaje, con el cuerpo a rayas negras y amarillas, y es muy feroz. *Las rayas del tigre le sirven para esconderse entre las hierbas altas.*

tijera SUSTANTIVO

La tijera es un objeto que se utiliza para cortar. Tiene dos hojas unidas en un eje y, cuando se juntan, cortan lo que está entre ellas.

ADIVINANZA
Mi compañera y yo
andamos siempre al compás,
con el pico por delante
y los ojos por detrás.

SOLUCIÓN: las tijeras.

timbre SUSTANTIVO

Un timbre es un aparato que sirve para llamar a una puerta o para avisar de algo. *Están llamando al timbre, ¿puedes abrir la puerta?*

tinta SUSTANTIVO

La tinta es un líquido que se utiliza para escribir. Puede ser de distintos colores. *Mi profesora corrige siempre con tinta roja.*

tío, tía SUSTANTIVO

Los tíos son los hermanos de tus padres. *Mis tíos viven en Zaragoza.*

tirar VERBO

1. Tirar es echar una cosa a algún sitio. *Tira los papeles a la papelera.*
2. Tirar es también lanzar algo con fuerza. *Tiró el balón con fuerza y lo encestó en la canasta.*
3. Y derribar algo. *El fuerte viento provocó grandes olas.*

tirita SUSTANTIVO

Una tirita es una tira adhesiva que se pone sobre las heridas pequeñas para protegerlas. *Hanna tiene una herida en el dedo y le han puesto una tirita.*

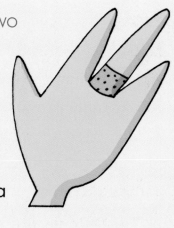

tiritar VERBO

Tiritar es temblar de frío, de miedo o porque tenemos fiebre. *El pajarito tiritaba de frío entre la nieve.*

título SUSTANTIVO

El título es el nombre de un libro, una película, una obra de teatro, una canción… *El título del cuento que te leeré es El gigante enano.*

tiza SUSTANTIVO

La tiza es una barra pequeña que se usa para escribir en la pizarra. Puede ser blanca o de colores. *Con la tiza azul debes escribir las tildes que faltan en estas palabras.*

toalla SUSTANTIVO

La toalla es una tela gruesa y suave que sirve para secarnos después de lavarnos. *La toalla de lavabo es más pequeña que la de baño.*

tobogán SUSTANTIVO

Un tobogán es una rampa inclinada por la que se deslizan los niños en los parques. *En el parque acuático hay un tobogán muy divertido.*

tocar VERBO

1. Tocar es rozar algo con nuestra mano. *No toques el enchufe; es peligroso.*
2. Tocar un instrumento musical es hacer que suene. *Sé tocar la flauta.*

todo, toda ADJETIVO

1. *Todo* quiere decir todos los elementos de un conjunto. *Todos los niños de la clase participarán en la obra de teatro.*

2. Y también algo completo, entero. *En una tarde he leído todo el libro de Harry Potter.*

tormenta SUSTANTIVO

Hay tormenta cuando llueve con fuerza, hay relámpagos y truenos, y viento. *Cuando hay tormenta, Chucho se esconde bajo la cama.*

toro SUSTANTIVO

El toro es un animal grande y fuerte, con cuernos afilados y cola larga. El toro es el macho de la vaca. *Algunos toros se crían en el campo para ser toreados en las plazas.*

torpe ADJETIVO

Una persona es torpe si es poco hábil, patosa o le cuesta trabajo entender las cosas. *Fermín es un poco torpe y no sabe hacer la voltereta.*

torre SUSTANTIVO

Una torre es una construcción alta y estrecha. Suele formar parte de castillos, iglesias, etc. *En Italia hay una torre que se inclina hacia un lado.*

tortuga SUSTANTIVO

La tortuga es un animal muy lento con el cuerpo cubierto con un caparazón. *Los griegos hacían música con el caparazón de las tortugas.*

toser VERBO

Toser es echar el aire de los pulmones por la boca haciendo ruido. *Tosemos cuando estamos acatarrados.*

trabajar VERBO

1. Trabajar es hacer una actividad. *Todos trabajamos duro para construir nuestro refugio.*

2. Y también realizar un oficio o una profesión a cambio de un sueldo. *Por las mañanas trabaja de recepcionista.*

tractor SUSTANTIVO

El tractor es un vehículo para trabajar en el campo. *Los tractores tienen ruedas especiales para agarrarse bien al terreno.*

traje SUSTANTIVO

Un traje es un conjunto de prendas compuesto por chaqueta y pantalón para hombre y chaqueta y pantalón o falda para mujer. *En esta tienda venden trajes muy elegantes.*

trampa SUSTANTIVO

1. Una trampa es cualquier medio que se utiliza para atrapar animales: cepos, lazos, ratoneras, etc. *El jabalí cayó en la trampa que habían colocado los cazadores.*

2. También es una trampa un plan preparado para engañar a alguien. *Algunos niños copiaron en el examen y el profesor descubrió la trampa.*

3. Y un engaño en un juego. *No juego contigo porque siempre haces trampa.*

tranquilo, tranquila ADJETIVO

1. Una persona tranquila es la que no se pone nerviosa, ni se altera. *Aunque tenga muchas cosas que hacer, Michel siempre está muy tranquilo.*

2. Un lugar tranquilo es un lugar sin ruido, ni cosas que molesten. *Vivo en una calle muy tranquila.*

transparente ADJETIVO

Un objeto es transparente si se puede ver lo que hay detrás de él. *Todas las ventanas de la casa tienen cristales transparentes menos la del cuarto de baño.*

transporte SUSTANTIVO

Los transportes son vehículos para llevar personas o cosas de un lugar a otro. *Conozco varios medios de transporte: autobús, barco, tren, avión, etc.*

trébol SUSTANTIVO

El trébol es una hierba con hojas redondeadas agrupadas de tres en tres. *¿Has visto alguna vez un trébol de cuatro hojas? Dicen que trae buena suerte.*

tren SUSTANTIVO

Un tren es un vehículo con varios vagones unidos entre sí y una locomotora. Los trenes circulan por las vías. *Algunos trenes transportan pasajeros y otros transportan mercancías.*

trenza SUSTANTIVO

Una trenza es un peinado que se hace entrelazando tres mechones de pelo. *Esther lleva el pelo peinado con trenzas.*

triángulo SUSTANTIVO

Un triángulo es una figura plana con tres lados. *Ana dobla la servilleta en forma de triángulo.*

triciclo SUSTANTIVO

Un triciclo es una especie de bicicleta pequeña con tres ruedas. *Como Joaquín aún no sabe andar en bicicleta, se divierte con el triciclo.*

trigo SUSTANTIVO

El trigo es una planta cuyo fruto es una espiga con granos que se muelen para hacer harina y fabricar pan y otras cosas. *Los granos de trigo se llevan al molino para molerlos.*

trineo SUSTANTIVO

Un trineo es un vehículo que, en vez de ruedas, lleva cuchillas o esquíes para deslizarse por la nieve o por el hielo. *Algunos trineos son tirados por perros.*

triste ADJETIVO

Estamos tristes cuando tenemos una gran pena y tenemos ganas de llorar. *Luis está triste porque su abuelito está enfermo.*

trompa SUSTANTIVO

La trompa es la nariz del elefante. Es muy larga y la utiliza para mover cosas, para beber, para alcanzar las hojas más altas de los árboles, para refrescarse, etc. *El elefante arranca con su trompa la hierba que va a comer.*

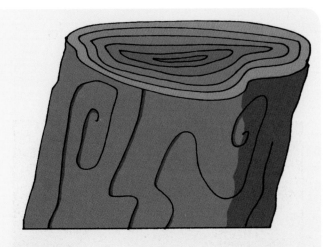

tronco SUSTANTIVO

El tronco es la parte de un árbol que va desde las raíces hasta las ramas. *Podemos saber los años que tiene un árbol contando los anillos de su tronco.*

trozo SUSTANTIVO

Un trozo es una parte o una porción de algo. *¿Me das un trozo de tarta?*

trueno SUSTANTIVO

El trueno es el ruido que se oye en el cielo cuando hay tormenta. *El trueno se oye después de ver el rayo.*

¿Sabes por qué, cuando hay tormenta, siempre vemos el rayo antes de oír el **trueno**? Porque la luz se mueve por el aire más rápido que el sonido.

tumbarse VERBO

Tumbarse es acostarse en algún sitio para dormir o descansar. *Tania está tumbada en la hamaca tomando el sol.*

túnel SUSTANTIVO

Un túnel es un agujero grande hecho bajo tierra, a través de una montaña o del mar para que puedan pasar los coches o el tren. *Grandes máquinas están agujereando la montaña para construir un túnel.*

turno SUSTANTIVO

El turno es el orden que siguen varias personas para hacer algo: primero le toca a una, después a otra... *Ahora es el turno de Pablo.*

último, última ADJETIVO

Último quiere decir que no hay nada ni nadie detrás ni después.
Este es el último número de la revista Children.

uniforme SUSTANTIVO

El uniforme es la ropa que algunas personas llevan a trabajar y también la que muchos niños llevan al colegio. *El uniforme de mi colegio está compuesto por un pantalón azul, una camisa blanca y un jersey de color granate.*

unir VERBO

Unir es juntar, mezclar, pegar, etc., dos o más cosas. *Tuvo que unir dos trozos de cuerda para atar la caja.*

universo SUSTANTIVO

El universo es el conjunto de todo lo que existe: los planetas, el sol, otras estrellas… *Algunos científicos dicen que el universo surgió con una gran explosión llamada Big Bang.*

uña SUSTANTIVO

La uña es una placa dura que cubre la parte superior de la punta de los dedos de las personas y de algunos animales. *Cuando los gatos se enfadan, sacan sus uñas.*

urgente ADJETIVO

Algo urgente es algo que hay que hacer o solucionar rápidamente. *He enviado esta carta por correo urgente para que llegue antes.*

usar VERBO

Usar es hacer que una cosa sirva para algo. *Usamos el teléfono para hablar con otras personas.*

usted PRONOMBRE PERSONAL

Usted es la palabra que usamos para dirigirnos de forma respetuosa y educada a alguien que no conocemos. *¿Podría decirme usted qué hora es?*

útil ADJETIVO

Algo útil es algo que sirve para algo. *Esta bolsa es útil para guardar los zapatos cuando vamos de viaje.*

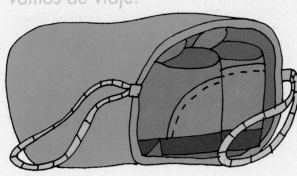

a
b
c
d
e
f
g
h
i
j
k
l
m
n
ñ
o
p
q
r
s
t
u
v
w
x
y
z

V

vaca SUSTANTIVO

La vaca es un animal doméstico. Tiene cuernos y se alimenta de hierba. De la vaca obtenemos leche y carne. *La cría de la vaca es el ternero.*

vacaciones SUSTANTIVO

Las vacaciones son días en los que no hay que ir al trabajo ni al colegio y que se dedican a descansar. *En verano, tenemos dos meses de vacaciones.*

vacío, vacía ADJETIVO

Algo está vacío si no tiene nada dentro. *En esta caja vacía puedes guardar los zapatos que ya no te valen.*

vacuna SUSTANTIVO

Una vacuna es una sustancia que se inyecta o se da a una persona o a un animal para que no se ponga enfermo. *Para ponerme la vacuna, me pincharon en el brazo.*

valer VERBO

1. Valer es lo mismo que costar un precio. *¿Cuánto vale esta revista?*

2. Valer es también ser útil y adecuado para algo. *Esta pintura verde vale para pintar el prado.*

valiente ADJETIVO

Una persona es valiente si se atreve a hacer cosas difíciles y peligrosas. *He leído un cuento que se titula El sastrecillo valiente.*

vapor SUSTANTIVO

Vapor es el gas en que se convierten el agua y otros líquidos, cuando están muy calientes. *Lucía se ducha con agua muy caliente y el baño se llena de vapor.*

vecino, vecina ADJETIVO

Los vecinos son las personas que viven cerca de nosotros. *Mis vecinos están colocando ventanas nuevas.*

vehículo SUSTANTIVO

Un vehículo es un medio de transporte para personas o cosas. *El avión es un vehículo muy rápido.*

vela SUSTANTIVO

1. Una vela es una tela que llevan algunos barcos y que, con la fuerza del viento, le ayuda a navegar. *Los barcos que tienen vela se llaman veleros.*

2. Una vela es también un objeto de cera, casi siempre con forma cilíndrica, con una mecha en su interior y que sirve para dar luz. *A Marisol le gusta decorar la casa con velas.*

velocidad SUSTANTIVO

La velocidad es lo rápido que se hacen las cosas. *El nuevo tren viaja a una velocidad sorprendente.*

venda SUSTANTIVO

Una venda es una tira de tela larga que se usa para cubrir una herida o para enrollarla alrededor de alguna parte del cuerpo que esté lesionada. *El doctor me ha puesto una venda en el codo.*

vender VERBO

Vender es dar una cosa a cambio de dinero. *Se vende piso soleado en la calle Cuzco.*

ver VERBO

1. Ver es percibir las cosas por los ojos. *Me he sentado en la primera fila para ver mejor el ballet.*
2. Ver es también visitar a una persona o encontrarse con ella. *Esta mañana fui al hospital a ver a mi abuelo enfermo.*

verano SUSTANTIVO

El verano es la estación del año que sigue a la primavera. *Los niños no vamos al colegio en verano porque tenemos vacaciones.*

verdad SUSTANTIVO

La verdad es lo que es cierto, lo que está de acuerdo con la realidad. *El pastor gritaba: "¡Que viene el lobo!", y no era verdad.*

verdadero, verdadera ADJETIVO

Algo es verdadero si ha ocurrido realmente como se dice, si no es inventado ni mentira. *En este cómic te cuentan la verdadera historia del pastor mentiroso.*

vestir VERBO

Vestir es poner la ropa a alguien o ayudarle a que se la ponga y también vestirnos nosotros mismos. *Salva ayuda a Nica a vestirse.*

veterinario, veterinaria

SUSTANTIVO

El veterinario es la persona que cura las enfermedades de los animales. *He llevado a Sansón al veterinario para que le ponga la vacuna.*

vía SUSTANTIVO

La vía es el camino de hierro por el que circula el tren. *Han construido una pasarela para cruzar las vías del tren.*

viaje SUSTANTIVO

Hacer un viaje es ir a un sitio más lejano en coche, en tren, en avión, etc. *Cuando vamos de viaje en coche cantamos canciones divertidas.*

videoconsola SUSTANTIVO

La videoconsola es un aparato que sirve para jugar con juegos que se ven en una pantalla. *Solo juego con la videoconsola el fin de semana.*

videojuego SUSTANTIVO

Los videojuegos son juegos para el ordenador o para la videoconsola. *En este videojuego, gana quien consiga derribar más obstáculos.*

viejo, vieja ADJETIVO

1. Una persona es vieja cuando tiene muchos años. *A las personas viejas se las llama ancianas.*
2. Una cosa vieja es la que está muy usada o la que tiene muchos años. *He tirado mi mochila porque está muy vieja.*

viento SUSTANTIVO

El viento es aire en movimiento. *El viento sopla con fuerza y mueve las ramas de los árboles.*

visitar VERBO

Visitar es ir a ver a alguien o algo a un sitio. *El viernes visitaremos las instalaciones de la nueva biblioteca.*

vista SUSTANTIVO

La vista es uno de los cinco sentidos y con ella vemos las cosas. *Muchas personas utilizan gafas porque no tienen buena vista.*

vivir VERBO

1. Vivir es tener vida. *Los peces no pueden vivir fuera del agua.*
2. Vivir es también tener la casa en un lugar. *Vivo en una ciudad pequeña.*

volar VERBO

Volar es ir por el aire. *Los aviones tienen alas para volar.*

volcán SUSTANTIVO

Un volcán es una montaña con una abertura por la que pueden salir cenizas y roca fundida. *Algunos volcanes no entran nunca en erupción.*

volver VERBO

Volver es ir de nuevo a un sitio en el que ya habíamos estado. *A mi padre le gusta volver al pueblo donde nació.*

voz SUSTANTIVO

La voz es el sonido que hacemos las personas cuando el aire pasa por nuestras cuerdas vocales. *El tenor de esta ópera tiene una voz muy potente.*

vuelta SUSTANTIVO

1. La vuelta es el regreso al lugar desde el que habíamos salido. *Nos dimos la vuelta porque empezó a nevar.*
2. Una vuelta es un movimiento alrededor de algo o sobre sí mismo. *La peonza dio varias vueltas antes de dejar de girar.*

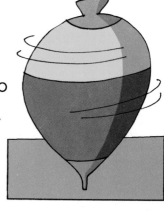

3. Y también un paseo corto. *¿Vienes conmigo a dar una vuelta?*

W X

waterpolo SUSTANTIVO

El waterpolo es un deporte que se juega en el agua con una pelota. *En el waterpolo, un equipo tiene que meter la pelota en la portería del equipo contrario.*

windsurf SUSTANTIVO

El *windsurf* es un deporte que consiste en deslizarse por las olas del mar sobre una tabla. *Las tablas de windsurf llevan una vela.*

xilófono SUSTANTIVO

El xilófono es un instrumento de música, con láminas de metal o madera, que se toca con unos palillos. *El xilófono es un instrumento de percusión.*

a b c d e f g h i j k l m n ñ o p q r s t u v w x y z

yegua SUSTANTIVO

La yegua es la hembra del caballo. *La yegua cuida de su potrillo.*

yema SUSTANTIVO

1. Las yemas son los primeros brotes de las flores y los frutos. *En primavera, los árboles se llenan de yemas.*

2. También se llama yema la parte amarilla del huevo. *Para hacer los buñuelos, se separa la yema del huevo de la clara.*

yogur SUSTANTIVO

El yogur es un alimento que se hace con leche. *Compra yogures con cereales.*

yoyó SUSTANTIVO

El yoyó es un juguete formado por dos discos redondos unidos que se deslizan arriba y abajo enrollando un hilo. *¿Tú sabes bailar un yoyó?*

zapatilla SUSTANTIVO

1. Las zapatillas son un tipo de calzado muy cómodo que nos ponemos para estar en casa. *Cuando me acuesto, coloco mis zapatillas al lado de la cama.*

2. Llamamos zapatillas al calzado que se usa para correr y hacer deporte. *El corredor lleva sueltos los cordones de su zapatilla.*

zarpa SUSTANTIVO

La zarpa es la mano de algunos animales, como el león y el tigre, que no pueden mover los dedos por separado. *El león saca su zarpa entre los barrotes de la jaula.*

zapatería SUSTANTIVO

La zapatería es el lugar donde se vende calzado, es decir, zapatos, zapatillas, botas, etc., y también el lugar donde lo arreglan. *He llevado mis botas a la zapatería para que el zapatero arregle la cremallera.*

zapato SUSTANTIVO

El zapato es un tipo de calzado que nos cubre solo el pie y que nos ponemos para andar por la calle. *Mis zapatos son muy cómodos para caminar.*

zoológico SUSTANTIVO

Un zoológico es un recinto donde hay animales de todo el mundo para que la gente pueda verlos. *En el zoológico, vi un divertido espectáculo de focas y delfines con mis papás y mis abuelos.*

zorro, zorra SUSTANTIVO

El zorro es un animal no muy grande, con la cola espesa y el hocico afilado, y muy astuto. *Hay un zorro que vive en lugares helados cuyo pelo, en invierno, es blanco para protegerse del frío.*

zurdo, zurda ADJETIVO

Una persona zurda es la que hace todo con la mano izquierda. *Felipe es zurdo y utiliza unas tijeras especiales para recortar con la mano izquierda.*

a b c d

i k l m

r s t u